河出文庫

ハーメルンの笛吹きと完全犯罪

昔ばなし×ミステリー【世界篇】

仁木悦子／角田喜久雄
石川喬司／鮎川哲也
赤川次郎／小泉喜美子
結城昌治／加田伶太郎

河出書房新社

目次

ハーメルンの笛吹きと完全犯罪

昔ばなし×ミステリー【世界篇】

空色の魔女

仁木悦子

1

「さあ、それではまたお話の絵を描《か》いてみましょうね」

深瀬妙子《ふかせたえこ》は、生き生きしたひとみで自分を見上げている幼児たちを、ひとわたり見渡してから言った。

「先生が今してあげた白雪姫のお話、みんな一生けんめい聞いていたわね。では白雪姫のお話の中から、好きな絵を描いてごらんなさい。一番おもしろかったなあって思うところを描くのよ」

「わあ、むずかしいやあ」

「そんなの、描けなあい」

あちこちで、そんな声があがる。本当に難しくて描けないと思っているわけではない。甘えて言ってみるのだ。その証拠に、そんなことを言うのはむしろ絵の上手な子で、クレヨンをにぎると夢中でさっさと描きあげてしまう。下手な子にとっては白雪姫の一場面を絵にするのはかなり難しいこととも思えるが、それも形の整ったいわゆる見た目にきれいな絵を描かせようと無理するからであって、子供たちが幼い心に受けた感興を表現しようとする欲求から描くのなら、外見は滅茶苦茶な線の描きなぐりや色のぬたくりであってもいいではないかと妙子は思っている。

「お絵かき」——これもずいぶん珍妙な幼稚園語だが——の時間というと判で押したようなチューリップしか出てこない子供たちの絵にうんざりした妙子は、この四月から受け持ったひばり組の園児たちに心のままをのびのびと描くよう根気よく指導してきた。彼女の指導法に最初はとまどいがちだった子供たちも、力いっぱい描きさえすれば褒《ほ》めてもらえるのですっかり気をよくして、いかにも楽しそうに描きなぐり、最近では思わぬ傑作も見せてくれるようになっていた。お話を聞かせておいてその絵を描かせるのも、彼女が好んで使う指導法の一つだった。

「描けた。先生、見て、見て」

腕をふりまわして躍りあがったのは秋山信《あきやましん》だ。何をするにも要領がよくて手早いが、仕上がりは少々ざつなところのある子供である。

「どれ？　まあ、七人の小人ね。おもしろく描けたけど、もうちょっと色をていねいに塗るともっとすてきな絵になるわ。塗ってごらんなさい。あ、弘子《ひろこ》ちゃん、ゆっくりゆっくり描いていいのよ。お隣さんと競争しなくていいの」

ひばり組には四歳半から満五歳五か月までの幼児がいる。幼いといってもこのくらいになると、もうじゅうぶんひとりひとりの個性ははっきりしている。手のろだが物事をじっくりやるタイプの子、せっかちな子、内気な子、外向性の子。——そういった子供たちの性格や心の襞《ひだ》までが、それぞれの絵に反映するのを、妙子は興味深く眺《なが》めていた。

妙子は、つくえの間をまわって、見て歩いた。白雪姫の話の中では、なんといっても七人の小人が人気があるらしい。三角帽子をかぶった小人を並べて描いている子が多い。王子さまや魔女《まじょ》を描いた子もあった。魔女といってもこの物語では王妃《おうひ》になっているのだが、子供たちの絵の魔女は、ほとんどが黒い服を着て杖《つえ》を持っている。テレビや絵本の影響だろうか。

「あら、さゆりちゃんの絵、おもしろいわね。これはだあれ？」

妙子は足をとめてのぞきこんだ。鳥飼《とりがい》さゆりは、みそっぱをみせて恥ずかしそうに笑った。柔らかな髪を二本の細いおさげに編んだ、色白のおとなしい女の子だ。隣のつくえの松田繁彦《まつだしげひこ》が、のり出して、

「これが白雪姫でね、こっちが魔法使いの化《ば》けて来たおばあさんなんだって。おっかしいやあ。魔法使いの方がお姫様みたいだ。ねえ先生」

と、悪口を言う。

「そんなこと言わないのよ。繁彦ちゃんは自分の絵を一生けんめい描けばいいの」

そうたしなめたものの、松田繁彦の批評には妙子も内心同意しないわけにいかなかった。鳥飼さゆりの絵には、ふたりの人物が描かれている。右側の小さい方はピンク、左側のやや大きい方は空色の服を着ている。ふたりとも茶色の髪を長くうしろに垂らした姿に描かれているが、小さい方の人物がいかにもおざなりなのにくらべて、空色の服を着た大きい方は、髪も目鼻もたんねんに描かれ、赤いクレヨンで唇も恰好《かっこう》よく描きこんである。足にはハイヒールまではかせてあって、「こっちの方がお姫様みたいだ」と言った繁彦の言葉は確かにうがっていた。

「これが魔法使いのおばあさんなの？　きれいなおばあさんね」

妙子がおかしさをこらえて言うと、さゆりは褒められたと思ったのか、にっこりしてうなずいた。

「で、このおばあさんが手に持っているものはなあに？」

妙子は首を傾《かし》げた。空色の服の魔女は、手をさしのべて、ピンクの服の白雪姫に何かを渡そうとしているように見える。灰色のクレヨンで描かれたその品物は、一つの大きな円に小さなだんごのような円が沢山《たくさん》くしざしにつながっている形だった。

「これ？　首飾りよ。白雪姫がね、ひとりでお留守《るす》番してたら、わるい魔法使いが来て首飾りをくれたの」

「首飾りじゃないよねえ。お洋服のえりにつけるレースだよねえ。さゆりちゃんたら、なんにも知らねえの」

松田繁彦がまた悪態をついた。

「いいのよ。さゆりちゃんは、首飾りをくれたというお話にしたかったんでしょう。よく描けたわ、さゆりちゃん」

繁彦に酷評されてすこししょげていたさゆりは、妙子にそう言われるとほっとしたように、

「だって首飾りの方がきれいだもん、これ、シンジュ。――シンジュの首飾りよ」

と微笑した。

子供たちが絵を描き終わると、妙子はひとしきり遊戯をさせたあと帰り仕度にかからせた。園《えん》への行き帰りは、二台の通園バスが子供たちを送り迎えする。保母も交替でバスに乗って行って、

子供が自分の家か安全な路地にはいるまで確認しなければならない。幼児の交通事故の多いこのごろでは、園としてもひととおりの気の使いようではなかった。

深瀬妙子はきょうは送り迎えの当番ではなかったが、結構忙しかった。午後PTAの集まりがある予定で、その準備をしておかねばならないのだった。

2

「さゆりちゃんのおかあさま。おそれ入りますが、あとでお残りになってくださいませんか」

背の高い骨張った体を仕立てのよいクリーム色のツーピースに包み仔牛皮《こうしがわ》のバッグを下げた鳥飼須磨子《すまこ》がドアをはいって来たのを認めて、妙子は急いで近寄って行くと耳もとでささやいた。特に用事があるわけではないが、一度この母親と話す機会をもちたかったのだ。大体ほかの母親たちはPTAの会合が終わってもなかなか帰ろうとせず、

「先生、うちの子は『歯を磨《みが》きましょう』のお約束、ちっともちゃんとしないんですけど」

とか、

「うちのは独《ひと》り言《ごと》を言って遊ぶんですけど、欲求不満じゃないでしょうか」

とか、うるさいほど質問してくるのに、さゆりの母の須磨子は、いつのPTAにも終わるのを待ちかねるかのようにさっさと帰って行ってしまう。妙子の方としては、そういう母親とこそ、じっくりと話し合う必要を感じるのだった。

PTAの集まりは、いつもと同じように賑《にぎ》やかに進行し、終わった。まだまだしゃべりたりな

そうな母親たちを要領よくさばいて送り出す間、鳥飼須磨子は固い表情で部屋のすみに立っていた。

「お待たせしました」

妙子はできるだけ明るい口調で言って、須磨子の方へ戻《もど》って行った。

「どうぞこちらへおかけになって」

「いえ、このままで結構です。——さゆりが何かいたしましたのでしょうか？」

表情をくずさずに、須磨子は言った。ぎすぎすしたやせた顔と細長いむしろ不恰好な手足をもっているにもかかわらず、このように正面からものを言う態度にはさすがに一種の貫禄《かんろく》があって、二十六歳の深瀬妙子は気圧《けお》されるものを覚えた。が表面は明るい口調を変えないで、

「いいえ、いいお子さんですわ。すこしいいお子さん過ぎるくらい」

要するに、彼女の話したいのはこのことなのだ。鳥飼さゆりは、おとなしい素直な子だった。IQも高いし、行儀のよさではおそらく組で一番だろう。だが、その行儀のよさが妙子にはいささか気がかりになるのだ。さゆりは何か絶えず周囲に遠慮しているような感じがあった。家庭のしつけが厳しすぎる子、殊《こと》に口やかましい老人のいる家庭の子供にみられるタイプだ。しかし、鳥飼家には、いい、しゅうともしゅうとめもいないのである。

ここ「なでしこ幼稚園」では、家庭状況を知る参考上、入園のときに児童の戸籍謄本と家族表を提出させる。鳥飼さゆりの家庭は、父篤也《とくや》——トリガイ食品KK専務、四十三歳——と、母須磨子——三十五歳の三人家族で、以前は女中がいたらしいが嫁に行って今は使用人はいない。須

磨子は鳥飼家の家付き娘で、二十二歳のとき篤也を婿《むこ》にし、三十一歳でさゆりを生んでいる。トリガイ食品の社長である須磨子の父が、平社員だった篤也をみこんで娘と結婚させ、会社のあとを継がせることにしたのだという話を妙子はだれかから聞いたことがあったが、そのくらいのことは話されなくても想像がつくというものだ。

深瀬妙子が、受持のひばり組の子供たちの中でも鳥飼さゆりに関心がふかいのは、彼女に多少の問題が感じられるからばかりでなく、家がすぐ近所だというためもあるのだった。妙子は、郷里の静岡から上京してR女子大の保育科に入学したときからずっと、遠縁に当たる老夫婦の家に間借りしている。鳥飼家はその老夫婦の家からほんの四軒先だった。青い屋根瓦《がわら》の堂々たる家で、二年ほど前に新築してそこへ越して来たのだ。つまり、妙子の生徒たちの中で一番近くに住んでいる子供が鳥飼さゆりというわけである。

父親の鳥飼篤也には、日曜日など、さゆりの手をひいて散歩しているところに行きあったりして、妙子は何回か会っていた。肩幅の広い堂々とした体つきをして、いかにも少壮実業家といったそつのない印象だった。四十すぎたばかりの若さでハム・ソーセージからインスタント食品まで手広く扱っているトリガイ食品の専務というのは、無論社長の娘婿という身分がものを言ってのことに違いないが、人間そのものも切れる方なのだろうと妙子は思った。しかしその篤也も、幼い娘にはただもう甘いパパであるとみえて、さゆりは幼稚園でさえもみせないのびのびした表情で父親の手にぶら下がっていた。

深瀬妙子のカンからすると、さゆりの絶えず気を使っているような性質は、母の須磨子が原因になっているとしか考えられなかった。いつもきちんとした服装をさせ、持ち物なども高価な可愛らしい品を持たせてはあるが、その実さゆりは母親からあまり愛されていないのではないか、と妙子は思う。だが、なぜそうなのかという点になると、妙子には理解しかねた。結婚後十年近く、三十すぎになってやっと授かったひとりっ子を愛さない母親というのは珍しい。最近のように教育ママがはんらんする時世には、我が子を突っ放して視《み》る親も或《あ》る意味では結構だが、さゆりという子を観察していると単に突っ放されているというのともちょっと違うようで、妙子にはやはり気がかりだった。

「良い子すぎて困るとおっしゃいますと？」

鳥飼須磨子は、心外な口調で問い返した。

「子供らしいのびやかさがすこし足りないように思うのです。四歳八か月といえば、女のお子さんでもまだまだやんちゃなところが残っていていいころです。さゆりちゃんは、なんかこう遠慮がちなところがあって……」

「つまり人の顔色を見るということでございますか？」

「そう言ってもいいと思います。何か抑圧されたものがあるように思えるのですけれど。——きかん気のお子さんですと、手のつけられない乱暴者になったり、ヒステリックになったりするところを、さゆりちゃんはおとなしいたちなので、引っ込み思案な方向に行くのでしょう。あんないいお子さんなのですから、萎縮《いしゅく》させるようなことがあっては可哀そうですわ。原因といったものにお心当たりはおありにならないでしょうか？」

あんたの愛情の不足だろうとは、まさか言えない。須磨子は、黙って妙子の顔をみつめていた。取りつく島のない気分だった。

「絵を描いても、さゆりちゃんはときどきびっくりするほど暗い色の絵を描くことがあります。きょうのは明るい感じの絵でしたけど」

なんとか話題がほぐれて行かないことには話にならないので、妙子は、さっきさゆりが描いた白雪姫の絵を持ち出した。

「白雪姫がお留守番をしているところへ、魔女が真珠の首飾りを持って来たんですって。本来のお話の筋とはすこし違いますけど、着想がおもしろいと思いますわ。魔女がこんなきれいな空色のお洋服を着ているのも、女の子らしい空想性があって……」

妙子は不意に口をつぐんだ。須磨子が顔色を変えたのに気づいたのだ。こめかみに青い筋が浮き出し、骨ばった指が震えている。何か気にさわるようなことを言ったろうか、と妙子は頭の中で気忙《きぜわ》しく思いめぐらした。

「あの子ときたら、そんなでたらめを言って」

須磨子が、やっと口をひらいた。顔とはうらはらな、変に冷たい声音《こわね》だった。

「でたらめなんて、そんな……小さい人にはよくあることですわ。子供たちの頭の中では、話にきいたことも自分で空想したことも現実にあったこともごっちゃになってしまうものなんです。どうぞ、でたらめなどとお叱《しか》りにならないで。……この絵はしばらくお教室に貼《は》ってからお返ししますから、よく描けたと言って褒《ほ》めて上げて下さい」

取りすがるような気持ちで、妙子はしゃべり続けた。なぜかわからないが、自分が話したことが原因でさゆりがまずい立場に立たされる予感がして気が気ではなかった。

「叱りなどいたしませんわ」

須磨子は、つと立ち上がると、ふりむきもせずにドアを出て行った。

3

「先生、深瀬先生」

雨戸をたたく音に、妙子は目をさました。

「どなた？」

ネグリジェの上に、あわただしくガウンをはおりながら問い返す。間借りといっても彼女の借りているのは六畳の離れで、小さな水屋と出入り口がつき、母屋《おもや》とは一応独立したふうになっている。女のひとり住まいなので戸締まりは厳重にしていた。

「鳥飼です。夜分にすみませんが」

男の声に続いて、幼児のむずかる声が起こった。さゆりの声に違いなかった。妙子は雨戸を繰った。パジャマ姿のさゆりを横抱きに抱いた鳥飼篤也が、これはワイシャツに背広姿で立っていた。ネクタイは緩められ、吐く息がアルコールくさかった。

「申しわけありません。こんな時刻に。――実はいま家に帰って来たのですが、家内が、その――殺されていて」

「殺されて？」

思わず大声を出しかけて、妙子は手の甲で口を抑えた。

「どうしたことかまるでわからないんです。ともかく一一〇番に電話しなければと思うのですが、この子を家においておくのはどうもまずいので――」

「わかりましたわ。お預かりします」

さゆりは、半分眠ったまま、手でまぶたをこすっている。その小さな体を、妙子は両腕で抱き取った。

「すみませんな。ご無理をお願いして」

篤也は、頭を下げてから、駆けるように木戸を出て行った。

妙子は、寝床にさゆりを寝かせ、自分もそのかたわらに横になった。さゆりはもう寝息をたてている。どちらかというと神経質な方だが、やはり幼児である。眠りこんでいたところを抱いて来られて、ここがどこかもわからずにむずかっていたのだろう。

なかなか寝つくことができなくて、妙子は暗やみのなかで長い間目をあけていた。つい数日前PTAのあとで話した鳥飼須磨子がもうこの世にいないのだと思うと信じられない気がした。愛情の薄い母であっても、さゆりにとってはやはり母である。生活面でも精神面でも、さゆりの受けるショックができるだけ小さくてすむようにと、妙子は念じずにはいられなかった。

翌朝早く、妙子は、さゆりに着せるものをとりに鳥飼家へ行った。

「ああすみません。今持って行こうと思っていたところでした。あの子はどうしていますか？」

篤也は恐縮しながら尋ねた。目が真っ赤に充血し、たった一晩でほおがこけおちて見える。

「大丈夫です。今、母屋のおばあちゃんにみてもらっていますから。……ママはお怪我《けが》で病院へいらっしゃったとだけ言っておきました」

「本当のことを言わないと、いかんでしょうな」

「そりゃあ、もう四つですもの。いつまでもかくしておおきになるわけにいきませんでしょう。きょうは日曜だからいいとしても、幼稚園の子供たちの口からだって知れますものね。なるべく早くおとうさまからお話しになるのが一番いいと思いますわ」

「そうしましょう」

篤也は力なくうなずいた。年輩からいっても社会的地位からいっても比べものにならないにもかかわらず、妙子に対する彼の態度はていねいだった。目の中に入れても痛くない一人娘の教師だという意識がそうさせるのだろう。

「たち入ったことを伺うようですけど、奥様を殺した人は捕《つか》まりましたの？」

「それが全然わからないのです。わたしが帰って来たら、茶の間にうつぶせになって倒れていました。わたしにはよく見る余裕がなかったが、警察の話では、手ぬぐいのようなものでのどを締められたということでした」

「強盗でしょうか？」

「多分そうだと思います。部屋の中がひどく荒らされていました」

篤也の説明によると、こうである。彼は昨夜取引先の客を招待して銀座のバーで飲んだあと、タクシーで帰宅した。家に帰り着いたのは一時半ごろだった。ブザーを押したか須磨子は起きて来ない。

「家内は、わたしが酔って遅く帰ると怒って起きて来ないこともよくあったのです。で、持っていたかぎで開けようとしたのですが、玄関のドアにかぎがかかっていないことに気づいたのです。夜中すぎまで戸締まりをしないことなど考えられないので、わたしもちょっとどきっとしましてね、急いではいって行くと今言ったような有様だったわけです。すぐ警察にしらせなければならないが、そうなれば家の中は大騒動だろうし、あの子が怯《おび》えてはと思ったとき、深瀬先生がすぐご近所におられることを思いだして、大変勝手なお願いに上がった次第でしてね」

「そんなこと、ちっともかまいませんわ。なんでしたら、もう一晩二晩お預かりしてもよろしいんですのよ。昼間は一緒に幼稚園にお連れして……」

「そうしていただけると本当に助かります。今夜は通夜で、あす多分葬式ということになりますが、あの子は列席させないことにしたいと私は思うのです。まだ小さすぎますし、病死ならいいですが、今度のようなことでは、あまり強く記憶にやきつけられて残るのもどうかと思いますから。当日はどこか知り合いにでも預けようかと思案していたところです」

さゆりを母親の殺された家から離しておくことは、妙子も賛成だった。彼女としては、母親の死顔に最後の対面をさせるといった形式よりも、さゆり自身に与える心理的な影響の方が当然気になるし、父親がそれを気づかう気持ちも理解できた。

「ご迷惑でしょうが今夜もう一晩お預かりいただいて、あすは幼稚園に連れて行っていただけますか。幼稚園では、すべて普段どおりにしてやってください。あすの夕方には家の中も一応落ちつくと思いますし、私の兄夫婦も大阪から来てくれるはずですから」

妙子は喜んで承諾した。

4

その日、さゆりは一日中、妙子の部屋にいた。午後、父親がちょっと顔を出して「ママは泥棒に殺されたんだよ。でもお巡りさんが、すぐみつけだしてやっつけてくれるから」と話して聞かせた。さゆりは驚いたようだったが泣きも怯えもしなかった。むしろ、大好きな深瀬先生の家に来て、先生を独占していられることがうれしくてたまらない様子で、折り紙などをしてよく遊んだ。母屋のおばあちゃんが何かというと顔をだして、

「まあまあ、お人形のようにかわいいお子なのにねえ」

と言って涙ぐむのを追っぱらう方が骨が折れた。

その夜も妙子のところに泊まったさゆりは、月曜日、妙子と一緒に幼稚園に行った。おませな子たちが、目を丸くして「さゆりちゃんのママが殺された」話をしたがるのを、ほかの話をもちだしては注意をそらしそらししながら、妙子は努めていつもどおりにさゆりを扱った。

午前の自由遊びの時間。子供たちは砂場やブランコで歓声をあげていた。妙子は、教室の壁に貼った子供たちの図画を、見るともなく眺《なが》めていた。さゆりの描いた空色の服を着た魔女の絵もあった。この絵の話をしたとき、鳥飼須磨子はなぜあんなに顔色を変えたのだろうか？　彼女は

一人娘のさゆりになぜ冷たかったのだろうか？

「深瀬せんせい。なに見てるの？」

うしろで声がした。さゆりだった。皆と一緒に外で騒ぐ気にはなれないのか、それとも妙子に対して甘えぐせがついたのか、さゆりは彼女のスカートをつかんで身をすり寄せた。

「先生？　さゆりちゃんの絵を見ていたのよ。ほら、この白雪姫の絵」

さゆりは、自分の描いた絵を見上げた。が、だしぬけに別なことを言いだした。

「あの夜ね、お客さまが来たの。きれいなおばちゃんよ」

「あの夜って？」

ぎょっとして妙子は問い返した。さゆりは無邪気に続けた。

「ママが泥棒に殺された夜よ。さゆり、もうねんねしてたの。目がさめたら、おトイレ行きたくなったので、行ったの。そのとき、お茶の間で声がしたから、そうっとのぞいてみたの。ママとおばちゃんが、お話ししてた」

「どんなお話？」

幼児にわかるはずはない、と思いながらも、尋ねずにはいられなかった。さゆりは、かむりを振って、

「知らない。小さい声でお話ししてたの。でも、ママもおばちゃんも、こわーい顔してた」

「さゆりちゃん、そのおばちゃんを知ってる？　ときどきママのところにいらっしゃる方？」

「ううん。知らないおばちゃんよ。でも、さゆり、まーえにあのおばちゃん、見たことあるみた

い」

妙子は考えこんだ。急に、子供たちの群れがにぎやかな声をあげながらなだれこんで来た。昼食の前の「手洗い」のオルゴールが鳴ったのも、彼女は気づかなかったのだ。

夕方、迎えに来た篤也に手をひかれてさゆりが帰って行ったあと、妙子は簡単な身づくろいをして家を出た。なでしこ幼稚園の入園時の家庭調査表には「現在はいないが最近二年間に家庭内にいた人（下宿人、雇人等を含む）」という欄がある。幼児の性格形成には、死んだ祖父母や暇をとった女中などの影響が思わぬ深さで残っていることがあるからだ。鳥飼さゆりの調査表のその欄には、

『明野原《あけのはら》ヨシエ（旧姓斎藤）。女中。私方に二年半住み込みしたあと、表具師に嫁す』

と、父親のらしい筆跡で記入してあった。

ヨシエという女中の嫁入った先を、妙子は偶然のことから知っていた。私鉄で一駅行ったところの商店街のはずれだった。間借り生活の妙子には用のない店だったが、通園バスの行き帰りに「明野原表具店」という看板を見ては、――さゆりちゃんのところのお手伝いさんがお嫁に行ったうちだわ。――と、考えるともなく考えていたのだ。明野原などという姓は多くはないし、表具師をしているといえば、おそらくそこだろうと思えたのだった。

今までそれ以上の関心のなかった「明野原表具店」に、妙子はまっすぐはいって行った。声をかけると、二十三、四の目の細い小柄な女性が出て来た。あわててひっかけたふうのカーディガンのボタンをはめながら、

「はい、いらっしゃい」

と言った。着替えでもしていたような様子だった。

「わたし、なでしこ幼稚園の深瀬という者ですの。鳥飼さんのところにいらっしゃったヨシエさんにお会いしたいのですが」

「わたしがヨシエですけど」

女はうなずいた。言葉に北関東のなまりがある。

「鳥飼さんのところは今度大変でしたのね。ご存知でしょう？」

「奥様のことですか？　ええ。わたし、お葬式の手伝いに行って、たったいま帰って来たところです。ほんとにびっくりしましたわ」

「さゆりちゃんや奥さんのことで、ちょっとお聞きしたいことがあるんですけど」

明野原ヨシエの目に複雑な色が浮かんだ。何かを知っているな、と妙子は直感した。

「何でしょうか？　今、うちの人は襖紙《ふすま》の見本をお得意さんに持って行って、だあれもいませんから、まあおかけになってください」

奨められて、妙子は店の上りがまちに腰かけた。

「あなた、二年半もあそこのおうちにお勤めなさったんですってね。あなたの目から見てどうでした？　奥さんはさゆりちゃんを可愛がっていらっしゃった？」

ヨシエは、ためらった。

「ありのままに教えてくださらない？　さゆりちゃんのために、ありのままのことが知りたいのよ」

「ありのままのことって――」

「ね、ほんといえば、わたしも大体のことは見当ついてるのよ。さゆりちゃんは奥さんの実の子供じゃないんでしょ？」

「ご存知なんですか？」

ヨシエは気が楽になった表情で話しだした。

「本当はそうなんです。生まれてすぐから育てたのだから、かえって全然他人の子をもらったのなら、あの奥さんでも幾らかは情《じょう》が移ったんでしょうけど、さゆりちゃんだけは憎くってどうしようもなかったんでしょうね。さゆりちゃんは、旦那《だんな》さんがよそでこしらえた子なんですよ」

「やっぱり」

妙子はつぶやいた。想像したことが、ぴしりぴしりと的中してゆく思いだった。

「さゆりちゃんのおかあさんていう人は？」

「はっきりとは知りませんが、旦那さんの会社の事務員だったそうです。さゆりちゃんを引き渡すとき、とっても沢山《たくさん》のお金を要求して、小さいバーを開いたんですって。小さいといっても六本木だから場所はいいって話ですよ。奥さんは赤ちゃんができる見込みがないことがわかっていたので引き取る気になったんですって。わたしの前にいたばあやさんから、そういう話きいたんです」

「その女の人を見たことはないんでしょう？」

「一度だけあります。あそこの家に訪ねて来たんです」

「訪ねて来た？　大っぴらに？」

「いいえ。旦那様も奥様も留守のときでした。留守だということを知って来たのだと思います。お金と引きかえに子供を渡したものの、大きくなった顔を見たくなったのでしょうよ。さゆりちゃんに会いに来たんですわ。さゆりちゃんが二つ半くらいのときでした」

「会ったの？　さゆりちゃんに」

「ええ。わたしはそのとき、裏で洗濯物《せんたく》を干していました。庭の方で声がするので行ってみたら、見たことのない女の人がさゆりちゃんを抱いてほおずりしていました。わたしがびっくりして、どなたですかって聞いたら、『わたしが来たこと黙ってて』と言って三千円くれました。さゆりちゃんは人みしりをするたちだったのでべそをかいていましたけれど、その人がきれいな首飾りをだしてさゆりちゃんの首にかけたので、ごきげんになりました」

「首飾りって、真珠の？」

「本ものではありませんわ。あれは何で作るんでしょうか、子供のおもちゃの首飾りで真珠そっくりに作ってあるのがありますでしょう？　ああいうのですわ。その人はじきに帰って行きました。『首飾りは、あんたがお小づかいで買ってやったことにしておいて』と言いました。でも、そんなことを言ったってだめですわ。奥様が帰っていらっしゃってお聞きになったら、さゆりちゃん『よそのおばちゃんがくれたの』と言ったんです。奥様はとたんに顔色を変えました。そして、さゆりちゃんをひどくぶって泣かして、首飾りを取り上げてどこかへやってしまいになったんです」

「まあ、そう。で、あなたは何も聞かれなかったの？」

「聞かれないどころか、わたしもさんざんに叱《しか》られましたわ。三千円も取り上げられました。でも、すこしたったらまたわたしを呼んで『こんな話を近所の人なんかにしてはいけない』と言って、一万円くださいました。胸くそが悪いから、そんなお金つっ返してやろうかと思ったんですけど、そうすればまた叱られるだけだし。――でも、わたし、お金なんかもらわなくたって、人に言わないでと言われたことはしゃべりはしませんわ。この話をしたの、先生が初めてなんです。ほんとですわ」

ヨシエはしきりに強調した。金で買収されたのではないと信じて欲しそうだった。

「わかるわ」

と妙子はうなずいてやった。たしかに明野原ヨシエは、おしゃべり好きの口軽なタイプではなさそうだった。またそれだからこそ、鳥飼家で、嫁に行くまで勤めあげることができたのだろう。

「で、その人は、あなたの知っている限り二度と現われなかったのね。さゆりちゃんは、その人のこと、覚えているかしら」

「覚えていないでしょう。奥様は、ごきげんがなおってからは、さゆりちゃんをひざに抱きあげて、『お留守番しているときにやって来て、何かくれたりする女の人は、悪い悪い人だから』と繰り返し教えていらっしゃいました。さゆりちゃんは、そのあとしばらくは、『お留守番してたら悪い女の人が来たの』なんて言っていましたが、そのうち言わなくなったから忘れてしまったのでしょう。なにしろ小さいときでしたから」

「どうもありがとう。いろいろと参考になったわ」

妙子はお礼を言って立ちあがった。が、ふと思いついて尋ねた。

「その女の人、どんな洋服を着ていたの？」

「服ですか？　スーツだったと思います。ぱあっと派手な空色の」

5

「お話ししたいことがありますの。よろしいでしょうか？」

玄関に出て来た鳥飼篤也に、深瀬妙子は低い声で言った。篤也の顔に、ぎくっとした色が走った。が、自分がこれから話そうとする事実のために緊張しきっていた妙子は、それには気づかなかった。

「どうぞおあがりください。さゆりは寝ついたところですし、来るはずだった兄は、関西方面で豪雨があって列車が不通だとかで来ていないので、だれもいませんが」

そう言った篤也の口調には、動揺の響きはもう感じられなかった。

妙子をダイニング・キッチンに通すと、篤也は慣れない手つきでガスコンロにやかんをのせ点火しようとした。

「おかまいにならないでください。すぐ失礼します。それよりお話のほうを」

「そうですか？　では」

篤也は、妙子の斜めむかいに腰をおろした。妙子はまず、数日前さゆりが幼稚園で描いた白雪姫の絵のことを話した。

「その絵、なにか意味があるのでしょうか？」

篤也は聞き終わると不審そうに尋ねた。予期しなかった娘の絵の話などが出て来て、とまどっている様子だった。

「奥様は、この絵の話をなさいませんでした？」

「いや、家内はそれを見たのですか？」

「はあ、ＰＴＡの日に。――わたくし、さゆりちゃんのことでは、前から何となく気にかかる感じを受けていたのですが、そのわけが今になってわかりました。さゆりちゃんには、ほんとうのおかあさまが、ほかにいらっしゃるのですね」

篤也ののどぼとけが上下するのが見えた。妙子は先を続けた。

「その女の方は、さゆりちゃんがずっと小さかったころ、さゆりちゃんに会いに来られました。おうちでは丁度《ちょうど》ご両親ともお留守で、お手伝いさんを除いてはさゆりちゃんひとりでした。女の人は、さゆりちゃんにほおずりして模造真珠の首飾りをくれました。さゆりちゃんには、それがきっととてもうれしかったのでしょう。しかし、ママ――亡くなった奥様がお帰りになって、さゆりちゃんはひどく叱られ、首飾りは取りあげられました。奥様は『お留守番をしているときにやって来て物をくれたりするのは悪い女だ』と繰り返しお教えになったそうです。そのときのことは、多分さゆりちゃんは全然覚えていないでしょう。しかし、意識の上では記憶していなくても、潜在意識の中にその記憶は残っていたのです。わたくしが話して聞かせた白雪姫のお話の中で、さゆりちゃんが一番強い印象を受けたのは『お留守番をしていた白雪姫のところへ、魔女がやって来て、レースのえり飾りなどをくれた』場面でした。それは、ママに教えられた『留守番しているところへ来て物をくれるのは悪い女だ』というのともぴったりします。さゆりちゃんは魔女を描こうとして、自分でもその意味を知らないままに、いつか来た女の人を描いてしまったのです。さゆりちゃんの描いた魔女は、空色の服にハイヒールをはいて、真っ赤に口紅をつけていました」

「で、それがどうしたと言うのです？」

篤也の声は、幾らか震えていた。

「さゆりちゃんのおとうさま。わたくしは、この話を、ほかの人には決していたしません。さゆりちゃんの心の健康な成長に無関心ではいられませんけれど、だからといって人さまのプライベートな問題にむやみと立ち入っていいとは思いません。お邪魔にあがってこんなお話をすること自体、差し出がましいことだと心苦しく思っています。でも、おとうさまにだけは是非お話ししなければならない、放っておくわけにはいかないことがあるのです。それは、奥様を殺したのは、その女の人――さゆりちゃんのほんとうのおかあさんだ、ということです。あの晩その人がお宅にみえていたのを、さゆりちゃんが見たのですわ。さゆりちゃんは幼稚園で自分の描いた魔女の絵を見ていて突然そのことを思い出したのです。無意識のうちにさゆりちゃんは、自分が魔女のイメージと一緒くたにしたあの女の人が、あの晩ママと話していたのと同じ人だということに気付いたのでしょう。その人が奥様を殺したのだということは、わたくしの想像に過ぎません。でも、わたくしでさえそういう想像にゆき当たるのですから、さゆりちゃん自身、大きくなったらそう考えつくのは当然の成り行きだと思いますの。わたくしが、おとうさまだけにはお話しして考えていただかなければと思ったのは、そこなのです。わたくしは自分の思いつきを警察へ行って話そうとは思いませんし、鳥飼さんがどういう処置をお取りになろうと何も申しませんが、ださゆりちゃんが大きくなって事件の真相に気づいたときに――」

そこまで言いかけて、妙子は、はっと身をすくめた。鳥飼篤也が不意に立ちあがったのだ。つぎの瞬間、篤也のたくましい上体が猛然と彼女の上におおいかぶさって来た。

「なにをなさるんです！」

叫ぼうとした声は、声にならなかった。男性の大きな手が、のどに食いこんだ。苦しかった。頭の中にかあっと血がのぼった。――ばかだった。この人も共犯だったのだ。――という思いがひらめいたのを最後に、意識がかすんで行った。

どこかで子供の声がした。

「パパア、おしっこなの」

不意に、のどのあたりが楽になったのを妙子は感じた。椅子《いす》の背にもたれかかったまま妙子は、肺が破裂するかと思うまで息を吸い、また吐いた。

「深瀬せんせい！　どうしたの？　せんせい」

目の前に、のぞきこんでいるさゆりの顔があった。

「大丈夫よ。ちょっと気持ちがわるくなったの。パパのところにご用があって来たんだけど」

頭のしんが刺すように痛むのをこらえながら、妙子はやっと微笑してみせた。「人殺し！」と叫んでとびだしさえすれば助かる。だが、心配そうに見上げているさゆりの目の前でそれをすることは、妙子にはできなかった。

「おしっこに行っておやすみ、さゆり」

篤也の疲れきった声だった。

「うん」

とことこと小さい足音を残してさゆりが出て行ったあと、妙子はまた、篤也とふたりきり向かいあっていた。が、恐怖の感情は不思議なほど湧《わ》いて来なかった。

「あんたは——あんたという人はほんとにあの子を可愛がってくれているんだなあ」

篤也がうめくように言った。

「あの子の母親——加奈辺《かなべ》則江《のりえ》というんだが——あれに再会して以来、わたしはやはり彼女と結婚したいと思うようになった。須磨子との間には、もう愛情のかけらもなかったのだ。則江は大柄で力の強い女なので、須磨子を殺すことについては自信があると言い、計画どおりにことは運んだ。だが、あんたの口をふさいだところで、さゆりが知っているのだったら。——今はわからなくとも、あの子が大きくなって真相を悟ったら」

篤也は、両手で頭をつかむと、部屋の中をぐるぐる歩きまわり始めた。

「あの子がこのことのために苦しんだり絶望したりするのだったら、わたしはだれと結婚できたところでなにもならん。それに、あの子が大きくなって須磨子の死の真相に気づいたら、今夜のことも思いだしてその意味を悟るに違いないのだ。あの子の両親は二人ともに人殺しなのだ」

妙子は、そっと立ちあがり、一礼して部屋を出た。自分には何をどうする力もないことを、彼女はひしひしと感じていた。

家の外へ出たとき、窓のガラスに、まだぐるぐると歩きまわっている篤也の影がうつっていた。

鳥飼篤也が、自宅のダイニング・キッチンで睡眠薬を飲んで死んでいるのが発見されたのは、翌朝のことだった。発見したのは、列車の延着で葬儀に間に合わなかった彼の実兄夫婦だった。さゆりが見つけたのでなくてよかったと、妙子はそれを聞いた瞬間に思った。篤也の死は、妻を殺害されたショックによる発作的な自殺と断定された。

数日後、幼稚園に、五十年輩の夫婦がさゆりを連れてあいさつに来た。

「鳥飼篤也の兄でございます。いろいろとお世話になりましたが、今度この子はわたくしどもで引き取ることになりまして」

弟とはあまり似ていない頭のはげた実直そうな夫と同じく気のよさそうなその妻とが並んで頭をさげるうしろから、ちょこちょことびだして来たさゆりは、妙子にすがりついた。

「せんせい。大阪にきてね。きっとよ。ね、きっとよ」

大きな目からぽろぽろ涙をこぼしながらそう繰り返すさゆりを、妙子は胸に抱きしめて、うんうんとうなずくばかりだった。

教室の壁に貼られた空色の魔女が、片手に首飾りをさしのべたまま、ふたりを見おろしていた。

笛吹けば人が死ぬ

角田喜久雄

1

良輔が三井絵奈《えな》にはじめて出会ったのは、銀座裏の「うさぎ」という酒場であった。その酒場はさる著名な歌舞伎俳優の、美貌の評判高い細君が経営している店で、キャバレーや酒場のごみごみ建てこんでいる細い路地の奥にある。

良輔は一身上のことから、警視庁の岡田警部に一寸世話になったことがあり、その礼心から、芝居好きな彼のためにその店を選んで飲みにいったわけであった。

尤も、絵奈のことは前からしっていた。良輔は夕刊新東洋の警視庁詰め記者であるが、そのことよりも、時折新東洋に書くかこみ物の犯罪実話で名前が売れていた。評判がよかっただけに読者からよく良輔宛の手紙が来るが、その中に三井絵奈の投書もまじっていた。

安っぽい便箋へ、鉛筆書きの見るも哀れな下手糞な字で書き殴ってある。文章も無教養を丸出しにした乱暴なものであった。内容は、先頃良輔が書いた完全犯罪という記事に対する駁《ばく》論で、勿論、良輔は気にとめず読みすてたが、唯その最後に、殊更大きな字で力一杯書きなぐってある文句が妙に記憶にひっかかっていた。

――笛を吹けば人が死ぬよ。

それが、その手紙の結び文句であった。

何だか、スリラー映画の題名のような文句である。

しかし、死ぬよと、最後によの字をつけたのが妙に生々しい実感があった。

それに、絵奈という一寸変った名前が良輔の注意をひいたこともたしかであった。

だから、その後、岡田警部から三井絵奈という名前を聞いた時には、大した努力もなしにすぐその手紙のことを想い出した。岡田警部はある必要から絵奈をさがしているらしく、何でも、盛り場をうろうろしているそうだから、君なら心当りがあるかと思ってねと、良輔に協力をもとめた。

「君だから話すが、実は、占部《うらべ》高久という男の居所を内密につきとめたんだ。年は二十四で身長五尺四寸くらい。麻薬密売の容疑と、それに、密売に関連して殺人の疑いもかかっているし、窃盗の前科もある奴なんだ。東京の何処かにひそんでいるらしいが行方が分らないんだよ。二十五になる進一という兄貴と、十九になる絵奈という妹がいる。尤も、妹といっても義妹らしい。仲間の奴等には、妹じゃない情婦だといっているがね。進一の方もぐれ者で、これはずっと以前から行方不明で、どこにいるか全然見当もつかないんだが、妹はきっと高久の居所をしっている。三井絵奈という女、心掛けておいてくれよ」

と警部は頼んだ。

三井絵奈という名前はそうざらにあるはずがない。良輔は、すぐ投書のことを思い出し、調べてみたが住所はかいてなかったし、その後も、もう一度投書でも来はしないかと心待ちにしていたが、投書はそれ一回きりで音沙汰はなく、良輔もいつしか絵奈のことを忘れていた。

2

良輔が岡田警部をつれて「うさぎ」へいったのは、七月中旬の小雨の降るむし暑い晩であった。日頃は無口な警部も、芝居となると目がなかった。マダムとすっかり意気投合したように、いい御機嫌で、カウンターに向って盛んにハイボールの数を重ねていた。十時頃だったろう。

「小父さん、花かってよ」

と、二人のうしろで声がした。

こうした店には、入れ代り立ち代り、うるさく物売りがやってくる。

「いらんよ」

良輔は振りむきもせずいって話のつづきに熱中していた。先頃評判になった「暖簾」という劇の話から、大阪人というものについて、大阪生れの警部と東京生れの良輔が盛んにやりあっていたわけである。

「花かってよ」

と、うしろでまたいった。

「いらんよ。この次にな」

と、良輔はうるさそうに振りかえったが、とたん、その女の子が良輔の方へにゅっと顔をつきつけるようにしていった。

「あんた明石良輔さんね。しってるよ」

妙にしわがれたオクターブの低い声であった。

「あたしのこと、忘れたの。三井絵奈だよ。手紙あげたろう」

覚えているのが当然だというような慣れ慣れしい口調であった。

酔っていた良輔の頭にも、絵奈という名前はすぐ浮かんできた。

「ふうむ、そうか……」

良輔は今更のようにその顔を見つめた。

背の低い見栄えのしない身体であった。ブラウスは木綿ながらさすがに洗いたてらしかったが、スカートはよれよれであちこちに飛泥《はね》がとんでいた。雨の中を傘なしで歩いていたのであろう、ブラウスもじっとりと濡れていた。浅黒い顔に一面ソバカスのある平凡な顔であったが、目だけがとびぬけて大きく、それが却って病的にさえ見えた。

「小父さん、花買ってよ」

「君が、三井絵奈か？」

「そうだよ。ねえ、花買ってよ」

と、女はまたいった。

「買ってもいいがね。一寸、君にききたい事があるんだがなア」

「あの、投書のこと？」

「いいや、そうじゃないんだ。君には占部高久って兄さんがいるだろう？　その人の居所をしりたいんだがな」

絵奈は、ふんといって探るような意地のわるい目付をした。

警部も振り向いていた。絵奈は警部の方へ目をすえて、

「この人、警察の人だろう？」

と、いった。低いしわがれ声には、えぐるような意地のわるさがあった。良輔は警部と顔を見合せた。

「そうだよ、警察の人だ。協力してくれないかなア。お礼はするよ」

「うん、花を皆買ってくれれば……」

「いいとも……兄さんの居所しっているんだね？」

「此処で話すのまずいんだろう？」

「そうさなア」

店は混んでいた。カウンターもボックスも一杯であった。内密の話にはとにかくまずかった。

良輔は警部に目配せすると、マダムの方へ、

「やア、御馳走さま」

と手をふってカウンターをはなれた。

雨はまだ降っていた。

「いいとこしってるよ。どんな内証の話でも出来るところさ」

絵奈は、万事のみこんだというように、雨の中を先に立ってさっさと歩き出した。

3

良輔もはじめての店だった。一階が高級喫茶で二階が酒場になっている。三階に登ると、厚いカーテンで仕切ったボックスがずらりとならんでいた。絵奈は、ボーイ達にウインクしながら慣れ慣れしく話していた。

「今夜はお客さんだよ。大事にしな。うん六番が空いてるのね？　分ってるよ」

さっさと奥へはいっていって、とあるボックスのカーテンをひきあけた。やっと四人がかけられるくらいの狭いところに、薄暗い電燈が、ぽつんと、ついていた。

「アベック専門なんだよ。注文が来ちゃえば誰もはいってきやしないからね。結構楽しめるんだ。あたしね、時々、わざとカーテンあけてはいってやるんだよ。慌ててスカートの裾をおろす子もいるけど、大概の奴、抱きあったまままあたしの方を睨むよ。あたし、黙って花を突き出して立っててやるのさ。皆仕方なしに買うよ」

絵奈は、一番楽そうないい椅子へ、ちゃっかりと腰をおろし、注文をききにきた給仕の方へいった。

「ハイボール二つだよ。小父さん、水わり？　うん、水わりだってさ。あたし、オールドパアだ。ストレートだよ」

妙な少女であった。年はたしか十九歳だときいていたが、こんな所を見ると、一寸二十五六にも感じられた。その癖、どこか智能の足らない所があるのじゃないかと思われるような所がある。そのせいか、ひょっとした表情のはずみで、やっと十五六の小娘にしか見えない時もあった。

「ところで、兄さんのことだが、二人いるんだってね」

「あたし、里子にいっていたんだよ。義理の兄貴って、いえばいえるけど……」

「上の方の兄さんは、たしか進一といったね？」

「ずうっと前に家出しちゃったよ。親は昔死んじゃって、親戚も何もないんだ」

「まア、そりゃアいいが、下の兄さんの方の、高久って人さ。今、何処にいるか、それを聞かせてもらいたいね」

「せくもんじゃないよ。お酒が来てからさ。このボックス、一時間いくらっていうんだ。有効に使わなくちゃ損だよ」

絵奈は急に口をつぐんで、隣りのボックスとの仕切りの方へ顎をしゃくりあげて、ふんという顔付をした。

隣りからは、今しがたまでひそひそ話しあっていた男女の声が途絶えて、何か弾むような息づかいが聞えてきた。

良輔は苦笑しながら、ちらっと警部の方を見たが、警部は椅子にそりかえって顔を天井に向けながら煙草の煙を吐いていた。まるで興味がないという表情であったが、その実、それが相手に少からぬ好奇心を抱いた時の彼の癖であった。

「小父さん、この間の投書よんだ？」

と、絵奈が良輔に話しかけた。

「読んだよ」

「降参した？」

「何をいってるんだ」

良輔は、そんな議論の相手になるのは真っ平だというようにそっぽを向いた。

「完全犯罪には、犯人の智能的な計画性と、完全に法網から逃れさるという二つ条件がいるというのが僕の所論なんだ。小説ならいざしらず、実際の犯罪にはそんなものはありえないよ。犯人のつかまらない事件はあっても、それは、全然偶発的な事件であるか、少くとも、ある大事な部分に偶然が作用している事件かなんだ。そんなのは、完全犯罪とはいえないといっているんだよ」

「小父さんは、笛を吹けば人が死ぬってことしらないのね？」

絵奈は露骨に軽蔑した目付になった。

「そうだったな。君は手紙にもその文句をかいていたね。笛を吹けば人が死ぬって、一体どういう意味なんだ？」

ふん！　と、絵奈は、小憎らしく鼻をならした。大きな目がうんざりするくらい軽蔑の色を見せていた。

「外国の童話に、笛吹き爺さんていうの、あるけど、知らないの？」

「ああ、その話ならしってるがね」

「鼠がふえてこまっているある町へ、何処かのお爺さんがやってきて、もし鼠を全滅させたら沢山お礼をもらう約束でそれを引きうけたのさ」

「それで、爺さんは、町角にたって魔法の笛をふいたんだろう。音にひかれて、町中の鼠が集まってくる。爺さんが歩くと鼠達も皆あとからついてくる。爺さんが川の中へはいってゆくと、鼠達もそのまま川の中へはいりこんで溺れ死んでしまったというのだろう」

良輔は欠伸をした。

注文の酒が来た。絵奈は、運んで来た給仕人から、自分のグラスをひったくるようにとって、ぐいっと一息にのみほしてしまい、

「このオールドパア、おかしいよ。コゲ臭いぞ。バアテンに、まともな商売しろっていってやんな。さア、もう一ぱい、お代りだよ」

と、そのしゃがれ声で遠慮なくきめつけた。

「小父さん。鼠なんぞ死んだってどうでもいいんだよ。話はその先だよ」

絵奈は、口紅をつけない土気色した唇を舌の先で嘗め廻しながらいった。

「町の奴等は、鼠がいなくなったのをいい事にして、お爺さんとの約束をやぶって、一文の礼も払ってやんなかったんだ。それで、お爺さんは、こらしめのため、また町角にたって笛をふいたのさ。今度、笛の音にひかれて集まったのは町中の子供だよ。人間の子供達だったんだよ。子供達は、お爺さんの笛の音にひかれながら、そのあとについて何処までも何処までもいってしまったんだ。そうして、とうとう一人も町へは帰ってこなかったんだ」

良輔が話をさえぎろうとしたが、警部が側から肱で小突いてとめた。

絵奈は、気味わるいほど大きな目で、じろじろ二人の男を見渡した。

「もし、今そういう事件が起きたらどうなると思う？　お爺さんを警察へひっぱって行けると思う？」

「さア、どうかなア」

「ふん、それくらいの法律のことなら、あたしだってしってるよ。お爺さんが、子供達をつれてゆく所を、誰一人見ていなかったんだ。たとえ、見ていたとしても、お爺さんは一言も子供に話しかけも、無理強いもしなかったんだよ。子供達は、皆自分から進んで黙ってそのあとについていったんだよ。そして、一人残らず何処かで野垂れ死にしてしまったんだよ。誰が、お爺さんを縛ることが出来るの？　魔法の笛だって、お爺さんが吹けばこそ、魔力を出すけれど、他の誰が吹いてみたって何の変哲もないとすれば、お爺さんが黙っている限り、お爺さんの犯罪を証拠だてるものは何一つないじゃないか。お爺さんは、ちゃんと、子供達を誘拐して殺してしまってやろうと計画してたんだよ。それでいて、法律ではどうすることも出来ないんだよ。小父さん、これが完全犯罪にならないというの？」

「もし、そんな調法な魔法の笛があったらね」

「無いと思うの？」

「じゃア、あるというのかい？」

「あるさ」

絵奈は二人を見つめたまま、声を立てずににやっと笑った。絵奈の笑ったのを見たのはその時がはじめてであった。まるで、やり手婆アが女郎を嬲る時のような、意地のわるい笑い方であった。

この辺りで、女をおいて酒をうる店は十一時には店をしめなければならない法規に取りしまられている。看板の時間が迫ったのか、ぽつぽつ帰りはじめる客の気配が感じとれた。

「まア、君の完全犯罪論は、また改めてゆっくり聞くことにして、……ところで、肝心の占部高久のことはどうなったんだ？」

「会わせてやるよ。その方がいいだろう？」

絵奈は急に殊勝らしい口調になっていった。

「今度の日曜日まで待つんだね。会う場所は逗子だよ。海岸の真中辺にシャリーがあるよ。日曜日の午後四時きっかりにきめとこう。勿論、警部さんもくるね？」

「どうする？」

良輔は警部の方を見た。

警部は、よかろうというようにうなずきながら、よほど絵奈に興味を感じたか、目の隅から、しげしげと見つづけた。

「その代り、ことわっておくけど、変なことしっこなしだよ。あたしのあとをつけたりさ。高久は、とても勘が鋭いんだ。警部に狙われていることをよくしってるから、一寸でも変なことがあると、飛んでしまうよ。それから、逗子でもそうだ。あたしが、いいって合図するまで、絶対に手を出しちゃいけないよ」

絵奈は給仕をよんで勘定をいいつけた。

「小父さん、チップをはずみなよ」

そして、抱えていた花束をそっくり良輔の方へつきつけた。

「全部だよ。八百円だ」

「花はいらんよ。商売に使うといいよ」

良輔は金だけ払ってその店を出た。まだ雨がふっていた。

絵奈は挨拶もせず、さっさと雨の中へ出ていった。路地の角に大きな芥箱《ごみ》がおいてある。その前まで行くと、箱の蓋をあけ、手にしていただけの花束をそっくり投げこんで、あとも見ずに路を横切っていった。

4

次の日曜日は、もう学校が暑中休暇にはいっていたので、逗子の海岸は、芋を洗うようにごった返していた。

良輔と岡田警部は、三時頃から約束のシャワーの前に立った。開襟シャツに長ズボン姿という二人は、裸ばかりの人混みの中でひどく目立っていた。

「来ないね。まさか、だましゃアがったんじゃないだろうな」

と、良輔が待ちくたびれて云ったが、警部は自信ありげであった。

「大丈夫だよ。来るよ」

「確信があるようだが、何かつかんでいるのかい？　うむ、絵奈に尾行でもつけたんだね？」

「いいや、僕は約束を守ったよ。そっと手をふれずにおいたんだ。しかし、あの女は、何故だかわからないが、われわれとこの海岸であうことを、ひどく熱望していたという印象をうけたんだ」

「とにかく、もう間もなく四時だ。あの女が、そんなに素直な女かどうか、すぐ分るさ」

良輔の腕時計がきっちり四時を示した。

「さア、いよいよ四時だ」

と、良輔が呟いたのと殆ど同時に、

「さア、ボートに乗ろうよ。いいだろう、高久？」

と喋っているしわがれた声が、二人の背後から聞えてきた。

「絵奈、俺の名前を喋るなっていうのに！」

男の声が鋭く罵るようにいった。

水着姿とパンツ姿の、若い男女が良輔達の側をすりぬけて波打際の方へ走っていった。

「来たね」

「うむ、あの男だ。高久だ」

二人は、そこへ立ったまま、じっと男女の行動を見守っていた。

絵奈と高久はボートに乗って漕ぎ出していった。岸から一丁くらい先までは人でうずまっているので、その先へ出なければボートは漕げない。

二丁も沖へ出た時、それまで男が漕いでいたのを女に代った。それっきり、ボートは一直線に沖へ沖へと向って遠ざかっていった。

「どこまで行くんだろう？　もう、顔も分らなくなってしまった」

警部はぶつぶついいながら天幕《テント》をはった見張所へ行き、身分をあかして双眼鏡をかりた。肉眼では、もう、ボートがぽつんと点のように白く見えるほど遠のいてしまっていた。

「おい、明石君。見ろよ。おかしいぜ」

警部は妙な声でうめくようにいった。

「うむ、妙なことをはじめやがったな」

良輔も、しがみつくように双眼鏡を覗きこんでいた。

ボートの上では男と女とが争っていた。女が、オールをとって防ごうとするのを、男は強引に組みついてねじ伏せ、その唇に吸いついた。もみ合いながら、男の手が女の肩から水着の釣紐《つりひも》をちぎり、それを一息に下まで引きおろした。

露出した女の半身が男の胸の下でもがき狂っていた。両手と両足が、ばたばた宙をけって争っていた。女の腰の辺りはボートの端にかくれて見えなかった。

その見えない辺りへ男の腕が遮二無二のびていった。女は、ぐっと動かなくなった。

しかし、それも一瞬のことであった。男をつきのけてはねおきると、女は腰の辺に水着をひきずった半裸の姿で、いきなりボートの端へ足をかけて海へとびこもうとした。それより他に、男の襲撃から逃れる手段がなかったのであろう。

引きもどそうとする男と、二人は組合ったままもつれあっていたが、その内、あおりをくってボートがくつがえるのと一緒に、二人の姿は海中に消えた。

「おいッ、沖でボートが顚覆したぞッ。救助船を出せッ」

警部が叫んだが、ほかにも双眼鏡で見ていた見張員があったらしく、その声をきくよりも早く波打際へ向けて走っていた。

「ああ、女が顔を出した。此方へ泳いでくる」

良輔がほっとしたようにいったが、警部はむすっとした不機嫌な顔だった。

「それよりも男だ。あいつは、重大な容疑者なんだ」

男も一度、ぽかっと波間から顔を見せたが、すぐにかくれてしまった。そして、それっきり二度と浮き上ってはこなかった。

救助船といっても、手押しの和船である。芋を洗うような人混みをわけて沖までこぎ出すのにかなり手間どった。

それに沖は波立っているし、丁度退潮の時刻で、顚覆ボートが流れ、遠ざかってゆく速度も相当なものであった。

やっと一艘が必死に泳いでいる女を救いあげたらしい。もう一艘は急いで沖へはなれてゆく。顚覆したボートのそばへ漕ぎついてから、その周囲を行きつもどりつしながら、容易にひきあげてくる様子がなかった。

絵奈は失神したまま診療所の天幕へ運びこまれてきて、仮設の寝台へぐったりねかされた。

「水をのんでいるようだが、大したことはない。恐怖と疲労で気を失っただけだ」

と、医者はいった。

水着の釣紐をむしりとられたことは良輔もしっていたが、今見ると、肩にも胸にも内腿にも、引っかき傷やすりむき傷のあとが生々しく血をにじませていて、絵奈の抵抗がどんなにはげしかったかということを証拠だてているようであった。

絵奈は正気にもどってからも、しばらく口をきこうとしなかった。自分をとりまいた人垣の間から、良輔と警部の姿をさがし出すと、その気味わるい大きな目で、瞬きもせずじいっと見つめた。そして、

「高久、どうした?」

と、かすかな声できいた。

「あの人、泳ぎ、全然出来ないんだよ」

それだけいって、また目をとじると、そのまま昏々と眠りにおちてしまった。

やがて、黄昏が迫って、最後の救助船も引きあげてきた。高久の姿はとうとう発見出来なかったらしく、顚覆したボートを空しくうしろに曳いてきただけであった。

警部は煙草を喫いに天幕の外へ出た。もう、とっぷりと暮れはてて、空には星が明るかった。

「僕が刑事になったばかりの頃のことだよ」

と、沖を見つめながら良輔へいった。

「ある強盗の容疑者を追いつめてね。その隠れ家で、とうとうつかまえたんだ。その時、奴さん、もう年貢の納め時と、すっかり覚悟しました。お手数はおかけいたしません。ただ、旦那、子供が明日をも知れない重病なんです。どうか、一目だけ親子の別れをさせてやって下さい……涙を流しながら手を合せるのさ。僕は部屋の外へ出て待っていたよ。ものの、五分とはたたなかったな。はてなと気づいた時には、奴さん、物干台伝いに逃げちまいやがったんだ。えらい大失策さ」

それから、急に、げらげら笑い出した。自嘲するような笑いであった。

「こいつアひでえや。見てる前で、むざむざと重大な容疑者を溺死させてしまったかもしれないんだからなア。うむ、ひでえ話さ」

5

それから五日ばかりたって、江の島の海岸に占部高久の死体があがったという知らせをうけて、良輔はとるものもとりあえずかけつけた。

死体を収容した土地の警察には、岡田警部も絵奈もきていた。絵奈は死体の認定をするために呼ばれたのだ。

死体は、何しろ五日間もたっているので、すっかり膨張し腐爛していた。しかし、その身体つきや、ことに、はいている緑色の水泳パンツは良輔の見覚えのあるものであった。

絵奈は、側に直立してまじまじと見つめていたあげく、

「違いないよ。占部高久だよ。全然泳ぎが駄目だったんだよ」

と、ぼそぼそと独り言のようにいった。

「間違いなしさ、勿論……」

警部は、良輔にだけ聞える声でいった。日頃の彼らしくもない憂鬱そうな声であった。

「この水死人の指紋を送らせて、指紋台帳と照合させたんだ。高久は前科があるからね。勿論、ぴたりさ。調法なもんだ。指紋台帳という奴は……」

高久が、せめても助かって、何処かに生きのびていてくれたらという最後の頼みが、これで空しくなったよと云いたげな警部の自嘲の声であった。

事後の手続きをすませた警部を待ち合せて、良輔が警察を出ると、とうに帰ったはずの絵奈がひょっこり物蔭から姿を現わした。

「君、まだいたのか？　何だ？　どうしたんだ？」

絵奈は何もいわず、良輔たちのあとから、警視庁の車へ無理に乗りこんで来た。

「そうか、帰りの湘南電車はやたらに混むからなア。電車賃の節約にもなるって訳だな？」

良輔のいったことに返事もせず、

「笛をふくと人が死ぬ話をしようよ」

と、絵奈はすましていった。

「また、それか。しつこい奴だな。その話なら、この間すましたじゃアないか」

「すみやしないよ。あの先があるんだよ」

「まア、いい。話して御覧」

警部は煙草に火をつけながらいった。

「話ってのは、占部高久のことだよね。仮りにね、仮りにだよ。あたしが、高久のことを嫌いで嫌いで、憎んでいて、殺してやりたいなと思ったらどうすると思う?」

「仮りにかい?」

「うん、仮りにさ」

「笛をふくっていうのか」

「そうだよ、笛をふくんだ。そうすると、高久は、自然と死んでいって、あたしは何の罪にもならずにすむんだよ」

良輔も警部も奇妙な表情をしていた。二人とも何もいわなかった。

「あたしは、品川の煙草屋の二階にかくれている高久をさそって海にひっぱり出したろう。高久は、あたしに惚れているんだよ。一緒に高飛びしようって、前からしつこくいいよってきてたんだよ。だから、やすやすと誘いにのったのさ。逗子へいって、それからボートへ乗ったね。高久が泳ぎが出来ないから、沖へ行くのはよせってとめたけど、あたし、どんどん漕いでやったんだ。沖へ出れば、岸から見えなくなる。そうしたら、あたしの身体好きにしていいよっていってやったのさ。高久はやすやすといいなりになったよ。あたしを、どうにか出来ると思って、うずうずしてやアがったんだ。でもね。いよいよという時になって、あたし、猛烈にあばれてやったよ。横っ面をひっぱたいてやったのさ。高久は真っ赤になって怒ったよ。怒れば人殺しでも何でもする奴だからね。それから、あたしは、わざとボートをひっくり返して海へとびこんじまったんだ。簡単だろう——それだけさ。一秒だって浮いていられない高久だもの。わけないじゃアないか……」

良輔も警部も、何かひどくにがっぽいものを飲まされたように、眉をしかめて黙っていた。

「断わっておくけどね、あたしを罰することなんか出来ゃしないよ。あたしが計画的に高久を殺したなんて、神さまだって証拠をあげることは出来ゃしないものね。だからさ、あたしは、前以て、明石さんや警部さんにあすこへ来てもらったんだ。ボートの中の出来ごとを、まばたきもせずに、見守っていてくれる人が必要だからさ。高久があたしを手籠めにしようとして、あたしがさんざん苦しめられたあげく、仕方なしに海へとびこんでにげたことや、はずみに自然とボートがひっくり返ったことを、ちゃんと見ていてくれる人が必要だものね。そうだろう、警部さん。もし、あたしが警察へでもよばれたら、むしろあたしの方が可哀そうな被害者だってことを、真先に証明してくれるのは警部さんだね。それから、明石さんもさ。これが、完全犯罪というものだよ。笛をふくと人が死ぬのさ。これが今の世の中にある魔法の笛なんだよ。その笛をふくと、皆がひょこひょこ踊っているうちに、誰か人間が死んでゆくんだよ」

駅の近くまでゆくと、

「おろしてよ、あたし、横須賀へ行くんだから。運転手さん、とめて……」

と勝手に車を停車させ、さっさと一人でおりていった。そして、その扉をしめながら中を覗きこんで、

「でも、今のは仮りに……の話だよ。たとえ話だよ」

といいながら、声をたてずににやりと笑った。

良輔も警部も不機嫌に黙りこんだまま、とうとう東京につくまで一言も口をきかずにしまった。

いやな後味が、いつまでも消えずに残っていた。

6

それから五六日たったある日、良輔が警視庁へ行くと、ばったり廊下で岡出警部に出あった。

逗子以来のいやな後味を思い出しながら、良輔が、

「やア……」

と挨拶すると、警部はその腕をおさえて良輔を自分の部屋へつれていった。

「一寸、話があるんだ」

「また、何か事件かい？」

「いや……先日の、占部高久の件さ」

「何だ、まだあの事件は片付かんのかね」

「うむ、一寸、妙なことがあってねえ」

と、警部はあいまいな表情をした。彼がそういう表情をする時は、相当な事柄が背後にひそんでいるのが例になっている。

「何だい、妙なことって？」

「この間の高久の水死体ね。解剖の報告が来たんだが、……あの時は、水ぶくれになっていて一寸解らなかったんだが、水死体の手首と足首、それに二の腕の辺りに皮下出血があるというんだ」

「へえ……そりゃア一体どういう意味だろう？」

「はっきりいうとね、手足を、縄で相当つよく緊縛された形跡があるということなんだ」

「ええッ、何だ？　そりゃアおかしいじゃないか」

「そうだよ、おかしいんだよ」

「高久が、絵奈とボートに乗るところから見ていたんじゃないか。ボートが顚覆するまで、高久が手足を縛られたことなんか絶対にありえないのは君もよくしっているだろう？」

「うん、だから妙だというんだよ」

「うん、すると何かね……高久の水死体を見つけた奴が、何かの目的でその手足を緊縛したというんだね」

「死んだ人間を縛ったって、皮下出血なんかしないぜ」

「それもそうだなア。すると、こうかな。高久は一度、どっかの岸へ漂着して、その時はまだ生きていたんだ。それを、縛りあげた奴があるということになるな？」

「ありそうもないことだね。小説以外ではね」

と、警部は気がなさそうに、鉛筆で卓子《テーブル》のふちをこつこつと叩いていた。

「どこかへ漂着した高久に、行きずりの誰かがばったり行きあったとしても、何の必要があって手足を縛ったのかね？　裸一貫で、何一つ金目のものはもっていないような男をさ……それとも、誰か高久を殺害したい奴があったとして、それが、どこともあてしれず漂着した高久に、偶然うまくばったり出あった……そんな巧いことが起りうると思うかい？」

「そういやそうだが、しかし、それなら一体どうしたってわけなんだ？」

警部はそれには答えず、

「今、占部一家の過去をしらべてみてるんだ。聞くかい」

と、別のことをいった。

「占部一家は、もともと山梨県の甲府に住んでいてね、親父さんの高一という人は、少しばかりの家作と地所で喰っていたらしいな。実子は、進一と高久の二人だ。二人は一つ違いの兄弟で、揃って小さい頃から親泣かせの不良だったらしい。三井絵奈は占部家へあずけられた里子だよ。母親は、あの土地へ流れてきた酌婦だったようだ。その女が父《てて》無《な》し児の絵奈をうんで占部家へあずけたというわけだが、これは絵奈が二つの時に死んでしまっている。高一は、割に絵奈を可愛がったらしいな。というのは、二人の実子が手のつけられない不良で勘当同様に家によりつかんし、行く行くは絵奈に婿でもとって、それにかかるつもりだったようだ。ところが、絵奈が十四の時に義母が死に、一月とたたん内に義父の高一も病死してしまっている。さア、それからさ。それを聞き伝えた進一と高久は、待ってましたとばかり、家へもどってきてわがもの顔にのさばり出したんだよ。その年、高一が死んでから半年ばかりで絵奈が家出してしまって行方しれずになる。更に、その翌年、進一と高久の兄弟があいついで甲府を出奔し、甲府の占部家というものはそれきり消えてなくなってしまったんだ。今から四年前のことだな。

何しろ、手のつけられない不良で道楽者の兄弟が、争って喰い倒したのだから、その頃は、もう殆ど占部家の財産らしいものは残っていなかったらしいが、たった一つ残っていたわが家とその土地も、兄の進一の方が、手際よく売りとばして逃げ出してしまったんだ。どうも、この兄弟は、相当に悪智恵の廻る陰険な連中らしい様子なんだ。

兄の進一の方は、その翌年……それっきり甲府へもよりつかんし、誰も行方もしっている者がない。弟の高久の方は、というから今から数えると丸三年前だが、窃盗罪を犯して、宮城の刑務所で四ヵ月の実刑をくらっている。まア、大体こんなものだが、唯、ここに一つおかしなことがあるんだ。高久は、宮城刑務所から出所後、麻薬の密輸団に関係したってことだよ」

「どうしてそれがおかしいんだ」

「詳しいことがやっと分ったんだが、はじめ一年半ばかりは、密輸品の沖とりという仕事をやっていたんだよ。まだ、分らんかね？」

「沖とりという奴は、沖に錨を入れた母船へ、人目につかない深夜なんかに岸から小舟で漕ぎつけて、荷物を陸上げする奴だろう？」

「そうなんだ。その役は、母船が人目をさけて港以外の不測の場所へつくことがよくある。暗い晩とか、荒天の時とか、特にえらんで陸上げしなければならんことがある。かなり危険な仕事なんだ。一つ間違って海へはまったら大事だからな」

「岡田君、高久は水泳が全然出来なかったというぜ」

「そうなんだよ、その時までは……、巧いことに、当時仲間の一人だった男が手にはいって、口を割らせたんだが、高久は、必要に迫られて懸命に水泳をならったらしいな。三里くらいは楽に泳いだといっていたよ」

「そりゃアおかしい。絵奈の話とはまるで逆だ。三里泳ぐ奴なら、あんな逗子の沖くらいで溺死するはずがない」

「絵奈は高久が水泳を新たに習ったことを知らなかったのかもしれない」

「いいや、そんなことじゃアないんだ。岡田君。現に、高久は水死体となってあがったんじゃアないか。あの死骸の指紋は、指紋台帳にある奴の指紋とぴったり符合した。絶対高久に間違いないといったのは君じゃアないか」

「その通りだよ」

警部はぼんやり窓の外へ目をやりながら、相変らず鉛筆の先で卓子のふちを叩きつづけていた。

高久は泳ぎが達者だったのに水死体になって発見された。しかも、その手足も縄で緊縛された形跡があるという。良輔は、一体、あの日逗子の沖で何が起ったか筋道立てまとめて見ようと思ったが、不可能であった。

電話のベルがなった。

警部は、それを、まるで待ちかねていたように受話器をとった。

「ふうむ……そうですか。違うんですね、写真とは違うというんですね？　たしかですね？　ありがとう。お手数をかけました」

受話器をかけた警部は、勢いよく立ち上った。

「さア、出かけなくちゃならん」

「どうしたんだい、急に？　今の電話は何処からかかったんだね？」

そういう良輔の方へ、警部はぎょろっと目をむきながらいった。

「いいか。許可があるまで絶対秘密だぜ」

「よし、分ってる」

「今の電話は宮城刑務所からなんだ。品川の煙草屋の二階の、高久の荷物の中からさがし出した奴の写真を添えて、三年前そこで服役した占部高久と、その写真の人物と同一人かとたずねてやったんだ。予想していた通りだよ。違うというんだ。似ているようだけれど、刑務所に保管してある高久の写真と照合して見ると別人だという返事なんだよ」

「ええッ、な、何んだって？　君、岡田君。あの煙草屋の二階にいた奴が、占部高久に違いないことは証人もあるし、確認されていることではないか。絵奈が、そこから誘い出し、逗子へ連れて来てボートへ一緒に乗りこんだ男も、われわれ二人でちゃんと認めている。あの高久の写真とまぎれもないことはよく分っているじゃアないか。それから、高久の水死体の指紋がぴったり指紋台帳のと符合することも……おかしいじゃないか。何か電話の間違いじゃないのか？」

「いいや、電話は間違っていないよ。それでないと辻褄があわないんだ。じゃア、また……」

警部はいいすてて、そそくさと部屋から出ていった。

7

それから更に五日たった。

その日、警視庁の捜査一課長室で、麻薬密輸密売、並に殺人容疑で全国手配されていた占部進一が、神戸のある阿片窟で捕縛されたという公報があったのが、丁度七時だったので、それから社へ戻り、それを記事にしてから、夕食をすませ、良輔がほっと一息ついた時にはもう八時を少し廻っていた。

良輔に電話がかかってきた。

「あたしよ。わかるね、絵奈だよ」

と低いしわがれ声がそういった。

「一寸、聞きたい事があるんだよ。十分か十五分でいいんだ。何処で会う？」

もう、会うにきまっているというような、相変らず高飛車ないい方であった。

良輔は、先日江の島からの戻り道で、絵奈からあびせられた後味の悪さを思い出した。少し大人げないと思ったが、今夜は一つとっちめてやろうか等と思いながら、社から近いシムボルという高級喫茶店の名前をいった。

シムボルへいって席をとってから、ものの三分とたたなかったであろう。この晩も、はじめて絵奈とあった晩のように雨がふっていた。

五十六年型のビュイックが、雨にぬれて光っている道を辷ってきて、音もなくシムボルの前にとまるのがテラスの硝子越しに見えた。

運転台からとんでおりた背の高いアメリカ軍人が、貴婦人のように着かざった女の手をとっておろし、二言三言何か話してから車を運転して去っていった。

その女は、戸口をはいると、店の中を一渡り見廻してから、良輔の席の方へ歩みよってきた。それが絵奈であることにやっと気付いたのは、もう良輔の鼻先へ来た時である。あっけにとられるくらい変っていた。肩にも胸にもごてごてに飾りのついた、そして、裾が傘のようにひろがったイヴニングをきていた。

ソバカスをかくすためか、こってりと顔を塗って、唇を真紅にそめ、ただでも気味わるい大きな目のまわりへアイシャドウで黒々と隈を作っていた。

「用って何だい？」

良輔は笑い出しそうになるのをこらえながら、空とぼけてきいた。

「進一のことだよ。占部進一が捕まったって、それは本当？」

来たなと良輔は思った。思う壺だった。

「ああ捕まったよ。神戸でね」

「それ、詳しく聞きたいんだよ」

と絵奈はさぐるように、良輔の顔を見ながらいった。

「占部進一がつかまった……と、一応そういう見出しにはなっているがね。本当をいえば、捕まったのは高久の方なんだ」

どうだ驚いたか？　というように絵奈を見たが、絵奈はけろりとしていた。

「高久は、逗子で溺死したんだ。君のふく笛におどらされてね。死骸の指紋も、指紋台帳にある高久のと、ぴったり符合するし、高久は完全に死んだんだ。ところがさ、彼は死んでいなかったんだよ。完全に生きていて、神戸でつかまったんだよ」

しかし、絵奈はやっぱり良輔を見つめているだけで表情一つ動かさなかった。

この女はどうかしてるんじゃなかろうか？　それとも、自分のいっていることの意味がよくのみこめないのではないかと、良輔はそう思った。

「詳しく話をしよう。進一という男はね、甲府を出奔した翌年、窃盗罪をおかして警察に捕まったんだよ。その時、この陰険な男は、自分の本名を名乗らず、弟の高久の名前を名乗り、高久になりすまして宮城刑務所で服役したんだ。だから、その時、警察にとられた指紋は兄の進一のものでありながら、その指紋の所有者として弟の高久の名前が記録されたんだ、分ったかい？」

絵奈は相変らず、黙りこくって、じっと良輔を見つめている。

「君は品川のかくれ家から、高久を誘い出して逗子へいった。そして、ボートを顚覆させて彼を溺死させたと思った。ところが、どうして、奴は泳ぎはとても達者になっていたんだ。それで、巧みにどこかの岸へ泳ぎついたのだろう。世間では、皆自分が死んだと思っている。そこで、彼はうまいことを思いついたんだ。兄の進一を身代りに海へ抛りこんで溺死させれば、進一の指紋は自分の、高久という名前で警察へ記録されている。誰だって、高久がボートの顚覆でおぼれ死んだと思うに違いない。

兄弟は前から仲が悪かったというね。まして、兄の進一は甲府の父の遺産を売りとばして一人占めにして逃げた上、高久の名前をかたって前科者にして了った憎しみがある。進一を自分の身代りとして殺して了えば、麻薬の密売や殺人容疑で逃げまわっている高久が地上から消えて了うのだから、安心して大手をふって歩けるようになる。兄の進一になりすまして、遠い土地へいって了えば絶対に安全だ……分ったかい、絵奈。それが、高久の計画であり、そしてまた、実行したことだったんだ。

進一を、どうして海岸へ誘い出し、どうして殺したかは、いずれ奴さんの自白が進めばはっきりしてくるだろうがね」

良輔は大人気ないとは思いながら、小憎らしい挑戦するような絵奈の目を見ていると、つい云わずにはいられなかった。

「要するに、君。君の吹いた笛で皆が踊ったというわけじゃないのさ。むしろ、君を踊らせたのは高久の方なんだ。そして、高久は御覧の通り警察につかまってしまったんだ。君が自慢らしくいった、魔法の笛なんてものは、もうこの世の中には存在しないんだよ。さア、これで話はおしまいだ。もっと聞きたいことがあるかね」

「高久は、死刑になるの？」

と、絵奈ははじめて口を開いた。

「さア、そりゃア分らんがね。なるかもしれないね。仮りに、死刑にはならんとしても、終身刑か、それに近い長期刑が申しわたされることは確実だろうね」

絵奈は長いこと、じいっと良輔を見つめていた。

そして、声を立てずに、にやりと笑った。

底意地のわるい、人を小馬鹿にしたような笑いであった。

「笛を吹くと人が死ぬよ」

と、間をおいていった。

「あたしはね、高久が泳ぎの出来ることをちゃんと知っていたんだもの。唯、知らないふりをしていただけさ」

「それがどうしたというんだ？」

良輔は、眉をしかめながら相手を凝視した。

「ボートの中で高久がいったんだよ。俺と一緒になって高飛びしようって……そういい出すだろうと思っていたのさ。だから、あたし、いってやったんだ。あたしは、進一の方が好きだよ。進一がね、沖へ出たら、ボートをひっくりかえせっていったんだ。高久は泳ぎが出来ないから、それだけで死んじまうって。邪魔者の高久さえいなくなったら、安心して二人で一緒になれるって、進一がそういったんだよって、高久にいってやったのさ。そして、進一は、高久が死ぬのをはっきり認めるため、ちゃんと、あの浜にきて、今此方を見ているんだ。高久の死体があがるまで、二日でも三日でも浜にがんばってるって、そういってるよ……あたしは、そういってやったんだ。うん、進一にはね、高久を海にさそって殺してやる、そうすれば二人で一緒になれるって、うまいことをいって海岸まで連れ出しておいたんだ。それでなくて、進一がそんなに巧くあの海岸へ来合せると思う？　あの人が、一番恐れている弟の誘いになんかのって、うかうかと逗子までやってくると思う？　そうすると、あの怒りっぽい高久はかっとなってあたしにとびついてきたよ。どうしても、お前を俺のものにして見せるって……それから先は、明石さん達が見ていた通りさ。あたしはね、高久が、うまく人目を盗んでどこかの岸へ泳ぎつくことをちゃんと知ってたんだ。そうして、あんたがいった通り、憎い進一を身代りに殺してしまえば、自分も安心して世の中が渡れるって、きっと、そう考えて浜へ戻って来て、進一のうしろへ忍びよって縛りあげてしまってね。夜中に、ボートかなんかで沖へ漕ぎ出して、ぽいと海へ投げこんでさ、自分は進一の服をきて進一になりすまして逃げてしまうに違いないと、あの時から、ちゃんと皆分っていたんだ」

絵奈はここで、またにやっと笑った。

「明石さん、まだ先があるんだよ。高久は、それでもう自分は安全と思っているかもしれないけど、あたしは、警察はそんな甘ちょろじゃアないとしってるからね。高久が溺死するはずが絶対にないほど泳ぎがうまいことや、進一が高久の名前で刑務所にはいったことを、きっと嗅ぎ出すに違いないと、ちゃんと睨んで待っていたのさ。そうして、捕まった高久は、死刑か、無期か、それに近い刑になるって、あんたはいったわねえ？　それまで、皆あたしの考えていた通りなんだ。高久は刑務所で死ぬよ。あれは肺病がかなり悪いんだから……、あの、憎らしい兄弟！　二人とも殺してやろうと、とうから思っていた奴等なんだ。

あたしが、まだ、たった十四の時だよ。甲府のお父つぁんが死ぬと、二人とも、すぐ家へ戻ってきて……お父つぁんの初七日の晩だった。進一の奴が、あたしのねている部屋へきて……あたし、子供だった。何にも知らなかったんだ。苦しいのと恐ろしさに泣いて逃げ廻るあたしを手籠めにしやがったんだ。それと知ると、次の晩は、高久の奴があたしのとこへやってきたよ。やっぱり、同じことをしたんだ。それから、ほとんど毎晩のように……時には、一晩に、二人して次次に……あたし、あんな恐ろしい、苦しい、つらい事なかったよ。そのために家出して、随分苦労したけれど、それでも、あんな恐ろしい、いやな思いはした事ないんだ。あたしは、二人とも、何時かはきっとこの仕返しをしてやろうと思っていたんだ」

絵奈は、ここでもう一度、声をたてずににやっと笑った。

「分った？　明石さん。あたし、笛を吹いたんだよ。笛をふいて、明石さんや警部さんを真先に誘い出したんだよ。二人に、はっきりあの時のことを見ておいてもらうことが、あとで高久まで死刑台へおくりこむのに、何よりも大事なことだと思ったからなんだ。分った？　あたし、笛を吹いたんだよ。そうして皆その笛の音に誘われてついてきたんだよ。あんた達二人も、高久も進一も、おまけに高久を絞めあげてくれる法律というものまでが……ねえ、分った？　笛を吹くと人が死ぬってこと？　そうして、誰だって、あたしを警察へ連れて行くことの出来るものはないんだ。あたしは、進一も高久も殺してやったけれど、何の罪にも問われはしないんだ」

絵奈は勝ちほこったようにいうと、さっと立ち上った。

給仕をよんで勘定をいいつけ、

「今夜はあたしが払うよ。これで、ヒフティ、ヒフティさ」

いいすてると、もう後も見ずにすたすたと戸口から出ていった。外は何時の間にか、土砂降りになっていた。その雨の中へ、絵奈は、孔雀のように着飾ったなりで、ためらいもなく歩き出した。良輔に見られていることを、ちゃんと意識している。

丁度千両役者が花道の七三にかかった時のような気負いが見えた。

と——はきつけない高いハイヒールのせいであろう、道にすべってよろよろと転げそうになった。蝶の羽根のようにひらいた裾が一ペンにぐっしょり濡れて惨めにたれさがったが、そんなことはまるで意識にないように、自信満々たる足どりで向う側へ道を横切っていった。

メルヘン街道

石川喬司

……涼子ちゃん。

いま私は『眠れる森の美女』の舞台になったお城にいます。ほら、王子さまの口づけで王女が魔法の眠りから目をさます、あのドイツのザバブルク城です。お城の一部がホテルになっていて、その一室に彼と二人で泊まっているのです。

窓の外はすっぽりとミルク色の霧に包まれていて、ほとんど何も見えません。十月もまだ半ばだというのに、身体中が凍《こご》えるような寒さです。ペンを持つ指もかじかんで、字がへんてこに歪んでしまいそう。でも、この手紙だけはどうしても書きあげなければなりません。

今日は大変な一日でした。たった一日で、私は十も歳をとったような気がします。

旅の初めからある程度の予感はあったのですが、まさかあんな形でそれがやってくるとは考えていませんでした。

ケルンの大学院に留学中の恭平さんから、「秋のメルヘン街道を車で走ってみないか。早く休暇を取って出ておいで」という誘いを受け取ったとき、私は、とうとう年貢の納めどきが来たか、と覚悟を決めたものです。父の教え子の恭平さんは私より八つ年上で、子供の頃から口癖のように「大きくなったら俺のお嫁さんになるんだぞ」と聞かされつづけてきましたが、私が高校生のとき日本を離れ、それ以来ずっと外国に住んでいて、父が亡くなったさい一時帰国した程度で、ほとんど接触がありませんでしたから、結婚相手の異性としては意識していませんでした。ところが、二年前、私が大学を卒業して就職が決まったお祝いに、母と一緒にヨーロッパ旅行をしたとき、彼が車であちこち案内してくれ、それが母にはすごく気に入ったらしく、改めて私の花婿候補として大きく浮かび上ってきたのです。

ですから、恭平さんの誘いには、むしろ母のほうが積極的でした。

「ぜひ行ってらっしゃい。あなたももうすぐ二十六、あちらは三十を過ぎちゃったんですからね。急がなくっちゃ」「あら、急ぐって何を急ぐのよ」

そういった会話のやりとりを何度か繰り返したあげく、私は旅に出たのです。

ハンブルクの空港で彼と落ち合い、そこから彼の愛車で、まずブレーメンへ向かいました。例のグリム童話のロバたちの音楽隊のお話の背景になっている街です。

「覚えてるかい。ちっちゃい頃、よく膝の上で絵本を読んでやったのを。ロバのお爺さんや婆さんネコや老いぼれ鶏の鳴き声をいろいろ真似させられたりしたものさ。ミヒーン、ブォーブォー」「ミャーゴ」「そういえば、おむつも何度か取り替えてやったなあ」「コケッ、コケッ、ケッケッケッ」

三十三歳の男と二十五歳の女が異国で久しぶりに交わす会話としてはいささか滑稽でしたが、お互いの照れ隠しにもなり、再会の滑りだしはまずは順調のようでした。二人とも心の奥で、初めて一緒に過ごすその夜のことを強く意識していたのです。

のんびりと旅情を味わいながらブレーメンの街を一めぐりしたあと、私たちは次の目的地ハーメルンへとゆっくり車を走らせました。笛吹き男とネズミの物語で知られるその町で、私たちは最初の夜を迎える予定になっていました。恭平さんが予約しておいたホテルは、大きな河に沿った大聖堂の近くにあり、静かな鐘の音が聞こえる落着いたいい宿でした。裏通りに面した二階のツイン・ベッドの部屋に私たちは案内されました。

「あら、お部屋はひとつだけ？」

ボーイが消えたあと、私はわざとふざけた口調でたずねました。

「…………」

恭平さんは何も答えず、黙ったまま窓から夕暮れの通りを見下ろしていました。なんだか所帯じみた背中でした。

私の違和感が強まりはじめたのは、そのころからです。なぜ男らしく、「不服なら帰れ！」とでも、「俺インポだから安心おし」とでも、「おむつを取り替えてもらった赤ん坊のくせに生意気いうな」とでも、何でもいいから口に出してくれなかったのでしょう。そうすれば、楽しい気分がシャボン玉のようにしぼんでいかなくてもすんだのに……。

シャボン玉といえば、その夜、食事をしたレストラン《ネズミ獲り男の家》で、隣りの席に座った地元の家族連れの女の子が、料理が来るまでのあいだ無心にシャボン玉を吹いていて、それがあまりに奇麗だったので、私も吹いてみたくなり、彼に「ちょっと貸してくれるよう声をかけてくださらない？」と頼んだところ、言下に「いい年齢《とし》をしてみっともないことはよしなさい」と小声でハネつけられてしまいました。そのことも私の不満をつのらせた出来事のひとつでした。

……涼子ちゃん。

私、なんだか遠い過去の出来事のように書いているけれど、これ、つい昨日のことなのよ。あなた、どう思う？　私、どうかしちゃったのかしら。おかしいのは、私の方なのかしら。

恭平さんは昔の恭平さんではなくなったみたい。二年前に会ったときの彼は、もっと男らしくて、生き生きしていて、スマートだった。一体、何があったんでしょう？

おいしい食事もワインも、私たちのあいだに生まれたぎこちなさをほぐしてくれることはできませんでした。北ヨーロッパの秋の澄んだ夜気を味わいながらの古都のそぞろ歩きも、心から楽しめないまま、私たちはホテルに戻りました。

ホテルに戻ってから今朝までの長い時間のことは、いまは書きたくありません。

明け方、日本にいる母から電話がかかってきました。

「起こしちゃった？　ごめんね。仲良くやってる？」――それだけの電話でしたが、母は何か不安を感じて、ダイアルを回したようでした。受話器の向こうで、グラスにカチカチと氷がぶつかる音が聞こえました。私は、居間でグラスを片手に、遠く離れた娘の気配に耳を傾けている母の姿を思い浮かべました。そういえば、父がまだ生きていた頃、父の留守に母がそうやって電話をかけている姿を何度か見たことがありました。

私は一睡もしていませんでしたが、わざと眠そうな声を出して、母を安心させてあげました。

隣りのベッドの恭平さんは、身動きもしませんでした。

「ねえ、カーテン開けてもいい？」

私はそう声をかけて、思いっきりカーテンを引きました。爽やかな朝の光が、さっと流れこんできて、私たちのもつれた心理のもやもやを一気に洗い流してくれるようでした。

「まあ、素敵！　教会の蔦があんなに紅葉して」

思わずはずんだ私の声に、恭平さんも目をこすりながら身体を起こしました。そのとき大聖堂の鐘が鳴りはじめました。

……涼子ちゃん。

人間の心なんて、おかしなものね。爽やかな朝の光、美しい紅葉、教会の鐘の音……たったそれだけのことで、淀んだ沼のようだった滅入った気分が、すっかり一新してしまうんですもの。

私が陽気になったので、恭平さんも元気を取り戻したようでした。実をいうと――こんなことを書くのははしたないことですけれど――昨夜、恭平さんは生まれて初めて私を抱こうとして急に不能になってしまったのでした。私はそのことに別にこだわらなかったのですが、彼には大きなショックだったらしく、それ以来、いっそう不機嫌になってしまったのです。

もしかしたら私たちは、中世の面影を残すこのハーメルンの町で、妖しい笛吹き男の魔法にかけられていたのかもしれません。

明るいホテルの食堂で、新鮮な牛乳と卵の朝食をとり、近くのウェーゼル河の船着場のあたりを散歩したあと、私たちは再び楽しい旅行気分を取り戻し、次の目的地であるボーデンヴェルダー村へと向けて出発しました。

ボーデンヴェルダーは、お馴染みの《ほらふき男爵》の故郷です。そこには、男爵のほら話にちなんだ愉快な銅像があるとかで、ぜひそれを見たい、と恭平さんが旅程に組み込んだのです。《ほらふき男爵》が激しい戦闘のあと愛馬に水を飲ませようとしたところ、いつまでも水を飲みつづけるので不思議に思って調べると、愛馬の後半分が敵に切り取られて無くなっていた――というエピソードをそのまま銅像にしたものだそうです。いかにもメルヘン街道にふさわしい名物のようで、私もそれを見るのが楽しみでした。

「知ってるかい、《ほらふき男爵》の愛馬の後半身がどうなったか？　子供向けの絵本では省略されてるんだけど、後半身はちゃっかりとメス馬ばっかりの牧場へ走って行って、そこで手当り次第にオマツリをやっちゃったんだってさ。羨しい話だな」

秋風の吹く気持のいい野道を走っているというのに、恭平さんはまたぞろそんな話を始めました。空《から》元気をあおりたてるような、そのいやらしい中年男じみた口調に、せっかくおさまっていた前日からの私の違和感が、またすこしずつ頭をもたげてきました。

私は口をきくのが嫌になり、黙って助手席の窓から、風景を眺めつづけていました。

やがて老樹の並木道の向こうに、小さな教会のある集落が現れ、古ぼけた橋を渡ると、そのたもとにこぢんまりした人影のない公園がありました。

「あ、あれだ」

気まずい沈黙を破って、彼が独り言のようにつぶやき、公園の入口に車を停めました。

それは想像していたよりもずっと小さい銅像でした。絵本に描かれていた太っちょおじさんとは違ってほっそりとスリムな男爵が乗った馬の切断された胴体から、たえず奇麗な水が流れつづけており、銅像がそのまま噴水を兼ねているのでした。木漏れ日がちらちらと水に反映し、数匹のリスが視野をかすめました。

「まあ、かわいい」

私は気まずさを忘れ、思わずそちらに駆け寄りました。

……涼子ちゃん。

その《ほらふき男爵》の噴水の前で、私は人生の岐《わか》れ道にぶつかったのです——。

「なあ、涼子ちゃんよ。面白いことを教えてやろうか」

私の後を追って車から出て来た恭平さんは、そういって私を呼びとめました。「——まずその前に、その噴水の水を飲むんだね。話はそれからだ」

彼が何を言おうとしているのか、まったく見当がつきませんでしたが、私はそれには構わず、透きとおった噴水の水を両手にすくいとり、それを一息に飲み干しました。車に揺られつづけて、すっかり喉が渇いていたからです。

「どうだい、涼子ちゃん、その水の味は？　実はね、その噴水は『磐井の水』のドイツ版なんだよ。『磐井の水』って知ってるだろ。ほら、昔の東海道の途中に井戸があって、正直な旅人が飲むと美味《うま》い真水なんだが、悪人が飲むとしょっぱい塩水になるという……」あれによく似ていて、その噴水の水はね、悪いカップルが一緒に飲むと苦くって、良いカップルが一緒に飲むと甘いんだそうだよ。しかもね、理想のカップル、つまり一生仲良く連れ添う運命にある二人がお互いの手をくっつけあって水をすくうと、その水がバラ色に泡立って輝くことがあるんだそうだ。――どう、ひとつ僕等も試してみないか。まあ無駄だとは思うけどね」

彼はいきなり私の左手を取って、それに自分の右手をくっつけ、それを噴水の下へ持っていきました。そして、流れ落ちる水をすくいました。つぎの瞬間、私は自分の目を疑いました。なんと、あれほど透きとおっていた水が、一変してキラキラとバラ色に輝いたのです！

「やったぁ！」

彼は叫び声をあげ、私を振り返りました。

「いいかい、今度は一緒に飲んでみよう」

合わせた手にお互いの顔を近づけ、私たちは、泡立っている水に口をつけました。

（甘い！　さっきとはまるで違う味だわ。……信じられない。こんなことって、あるかしら。私と恭平さんが理想のカップルだなんて……）

私は呆然として、銅像の馬の胴体から流れ落ちる噴水を見つめつづけました。

……涼子ちゃん。

過去の私、日本を発つまでの私、恭平さんに抱かれるまでの私、この手紙の宛先である私、私が語りかけている私、私の分身である私――涼子ちゃん。

ボーデンヴェルダーの村の古ぼけた食堂でソーセージとジャガイモとパンとワインの昼食を取り、一休みしたあと、再び車に乗って、メルヘン街道をさらに南下、《緑のなかの白い町》バド・カルルスハーヘンを通って、二日目の宿泊予定地であるザバブルク城へ向かいながら、私はずっとその不思議な噴水のことを考えつづけました。

激しい戦争で上半身と下半身が別々に切り離されてしまった銅像の馬。だから、いつも失われたベター・ハーフを求めて、理想のカップルに祝福の奇跡を実現してみせる——と赤平さんは得意げに説明してくれましたが、私にはどうしても納得がいきませんでした。

夕方、このザバブルク城に辿り着き、今度はダブル・ベッドのお部屋でしたけれど、私はもう抗議する気力もなく、ただ従順に彼の後にくっついて、豪華なディナーを食べ、夜の森を散歩しました。

その散歩の途中のことでした。彼が突然足を止め、震える声で次のような告白を始めたのです。

「やっぱり涼子ちゃんに嘘をつきとおすことはできないや。笑ってくれ、ぼくは情けない卑劣なダメ男なんだ。実はね、今日の《ほらふき男爵》の噴水のことだけど——」

あれは計画的なトリックだった、と彼は打ち明けました。旅行のプランを立てたときからひそかに練っていたアイデアで、最初は単純に涼子ちゃんをかついで驚かせたあと、すぐに種明かしをして二人で笑いあうつもりだったのが、再会後のもやもやした雲行きに歪められて、なんだか奇妙な具合になってしまい、種明かしをする機会を失してしまった。あれはね、化学の研究室にいる友人に知恵を借りて、水を泡立て変色させる薬品と甘味料の粉末をぼくの手に付着させておいてから、涼子ちゃんを呼びとめ、噴水にまつわる作り話をしてみせたんだよ……。

そう告白したあと、彼はいきなり暗い森の奥へ向かって駆けだしました。

……涼子ちゃん。私の分身の涼子ちゃん。

あれからもう二時間近く経ちます。私はひとりで部屋に帰り、気持をまとめるために過去の私に向かってこの手紙を書き始めたのでした。

彼はまだ帰ってまいりません。こんなに寒いのに、一体どうしているのでしょう。

この手紙を書いているうちに、私には自分の置かれている客観的な状況がぼんやりと理解されてきました。ベッドの脇の寒暖計を見ると、室温は二十度。どうやら寒いのは私の心のようです。

要するに、私は今度のメルヘン街道の旅で、童話のような夢の世界に住んでいた《涼子ちゃん》から、散文的な大人の《涼子》へと脱皮——というと恰好いいけれど、もしかしたら堕落かもしれない内面の旅を、並行して続けているわけなんですね。変わったのは恭平さんではなくて、彼に《王子さま》を夢見ていた私の方だったのです。

明日訪れるカッセルのグリム博物館、そして《赤頭巾ちゃん》の舞台のシュヴァルムシュタットで、メルヘン街道の旅は終わりですが、はたしてそれまでに私の変身の旅は終わるでしょうか？

あ、ドアにひそかなノックの音が聞こえます。おそらく失落した王子さまのご帰館でしょう。

彼のキッスで、私のなかの王女さまがお目々を閉じるかどうか、ひとつ試してみようと思います。

幸運を祈ってね。

涼子

絵のない絵本

鮎川哲也

ぼくには心底をうちあけて語るような友人はほとんどいない。したがって寓居をたずねてくる人もない。たまに話をかわす相手は月ぐらいのものだ。

月に聞かせてもらった話のなかでいくらか探偵小説めいた一篇をつぎに記す。ぼくは単なる筆記者にすぎないのだから、原稿料がでたらば時節はずれの月見団子をこしらえて、月にそなえるつもりでいる。

1

ひさしぶりでぼくは月と対面した。かれは新月のころとはちがって福々しい顔をしていた。

「まだ書けないのかね」

かれは机の上の原稿用紙をのぞきこんだ。

「それは困った。締切りが迫っているんじゃないか」

月は自分のことのように眉をひそめた。かれはしばらく丸い顔をかたむけて考えているようだったが、やがておもむろに口をひらいた。

「それではわたしが一つの話をしよう。それがきみの役に立つかどうかは知らんがね」

かれはそこでちょっとのあいだ入れ歯をもぐもぐさせて口の動きをよくしたのち、おもむろに咳ばらいをした。

「ずいぶん昔の話になるけど、わたしは、デンマルクのアンデルセンという男に七つの話をしてやったことがあるんだよ。アンデルセンはその話を本屋に売りこんでしこたま印税をかせいだ上に、銅像にまでされてしまった。ナニ、かれがえらいわけじゃない、わたしの話が面白かったからこそ世間の人々がよろこんでくれたのだ。銅像をたてるならまずわたしの功績をたたえてしかるべきと思うね」

月は不満げにいくらか語気をつよめて語ったが、すぐにそれを恥じでもしたかのように、しずかな口調にもどった。

「わるかったな、話が脱線して。わたしは持ち合せた話をすっかりアンデルセンに聞かせてやったため、きみに聞いてもらう話はほとんどないということをいいたかったのさ。まして、きみには探偵小説的な話でないと役に立たないのだから、なかなか難しいことだよ。しかし……」

かれは、ぼくの発言を押えるように早口でつづけた。

「といって全然ないというわけでもないさ。例えば三人の女を殺して平然としとった恵良《えら》三平の犯罪などは、たしかに探偵小説的だったね。わたしが小説をかくとするなら題名はちょっと気取って、〝恵良三平をめぐる三人の女〟とするな。あるいは〝鶏と三平と三人の女〟としても面白いかもしれんね」

「聞かせていただきたいもんですな、その恵良三平の殺人譚を！」

ぼくは少し声をはずませていった。

「よろしい、メモをとる準備はできとるかね？」

かれは教壇で講義をする大学教授のような口調でたずね、ぼくがうなずくと、そのまま先をつづけていった。

「恵良三平の犯罪について語る前に、花田ユリ子のことから話してゆこう。おとなしくて、そのくせ明朗で屈託のないよい子だったよ。顔だってなかなかベッピンだった。しいて欠点をいえばオデコだったかもしれないが、ひたいの狭いのに比べればこのほうがはるかにましだ。目が大きくていつもビックリしたようにパッチリと見開いている。頰っぺたがトマトのように赤くって小さな唇はいつもぬれて光っていた。どうだね、これだけいったら、その子のイメージを描くのに困難でもなかろう？」

月は同意をもとめるように訊いた。

「ある大学教授の箱入りむすめだったから教養に不足はなかったけれど、おしむらくは異性を観察する目にかけていた。配するに相手の恵良という男が女をだますことにかけてはまた天才だったからね。悲劇の発生する要素はちゃんとそろっていたのだよ。二人の恋愛が悲劇的な結末に終ることを予測しつつそれを眺めているのは、まことに辛《つら》いことだったものさ。

花田ユリ子はその年に学校をでて京橋のある会社につとめるようになった。さっそうとオフィスがよいをはじめてわずか十日目のこと、ラッシュアワーの国電で袖すり合せたのが口をきき合うはじめだったのだ。ちょうど新月のころで、わたしはほとんど顔をださなかったからくわしいことは知らないが、花田ユリ子はいとも簡単にこの悪魔に参ってしまったらしいんだね。むりもない、顔は映画俳優のようにととのっていたし、身につけている服装にしても流行の尖端をいく凝ったものだったからな。ダンスをすればするで、教師の免状を持っていたくらいだから、足のさばき方も水ぎわ立っていた。それに浅薄ではあるけれど百科全書のように間口のひろい知識をもっていたから、ユリ子がかれを学識教養のふかい人と信じてしまったのも敢えてとがめるわけにはゆかないのだ。恵良三平が百科辞典をそらんじていたのも、女性をたぶらかすための武器としてだったんだからね。

恵良は東京生れだったけれど、両親は北海道の人間だった。当時すでに父親も母親もなかったが、それはかえって勝手気ままにふるまう上に都合がよかったようだ。郊外で親ゆずりの養鶏業をいとなみながら獣医大学にかよっていた。知識を得るのに熱心だったし、養鶏の面で充分の収入が上っていたから、他の学生のように怠けたりアルバイトをやったりして教室をサボるということはなかったね。したがって成績もすこぶるよろしい。

恵良はこの世を打算的に生きていこうと思っていたようだ。かれが徹底した点取り虫だったのも学問に情熱を感じていたからではなくて、卒業したのち少しでもよいところに就職したいがためであった。恵良三平の話がながくなるけれどもこの男の性格を理解しなくてはわたしの話にも納得がいくまいから、もう少し辛抱して聞いてくれたまえ。

かれが友人をつくる場合もそのとおりで相手に確《かく》とした利用価値をみとめなくてはつき合いも

しなかった。三平が何かの事情でブランクにしたノートを二つ返事で埋めてくれるお人好しの学友だとか、親が裕福でポケットマネーをたくさん持っていて、映画や喫茶店やレストランに入るたびに金をはらってくれる気まえのいい男だとか、そうした人間とばかり交際をしていたもんだ。こういうと、きみは恵良を遊び好きの男だと思うかも知れないが、前にも話したとおり点取り虫だったから決して度をすごすことはない。ほんのちょっぴりアルコールをたしなむだけで、煙草すらのまなかった。その点ではどうしてなかなか意志のつよい男だった。……どうだね、わたしのしゃべるのは早すぎはせんか」

と月はぼくのメモをながめながら訊ねた。

「発音が不明瞭だったり声が小さかったりしたらそういってくれ。どうもこの入れ歯は少々ぐあいがわるくてね、喋りにくくて困るんだ。食事のときなんぞ苦労をさせられるよ。かたいものは嚙めないしね。どこかに上手な歯科医があったら教えてくれないか」

そういったのち、自分の話が脱線したことにやっと気づいたらしい。あわてて話のかじをとりなおした。

「恵良はユリ子と知り合う前に、三人の女性とふかい仲になっていたよ」

「誰ですか、それは？」

とぼくはあまり興味ないままに訊いた。月の話は少しも面白くなかった。締切りが迫っているというのにつまらない話をきいている暇はないのだ。

「ひとりは料理屋のむすめで、あとのふたりは服屋と靴屋のむすめだったな。恵良は美食家だったから料理屋の娘と交際していればなにかとうまいものが口に入る。お洒落だったから服屋や靴屋の娘と知り合っておけばいろいろと便利な場合があるわけさ。恵良三平がこれ等の女性と結婚を前提にしてつき合っていたわけではないことは明らかだ。ただ三人の女にそれぞれ利用価値をみとめていたからにすぎない。

いままでさんざんに異性の間をわたり歩いた恵良は、花田ユリ子を見るにおよんではじめて女性に本当の愛情を感じたのだ。最初ユリ子に興味を持ったときは例のごとくだまくらかしてもてあそぶつもりだったようだが、相手の真情が、悪魔の心にほんとうの愛を呼びおこしたとみえるね。わたしはこれを二十世紀最大の奇蹟だと思っておるよ。ま、それほど恵良三平はひどい男だったのだ。

さてここで問題となるのは服屋と靴屋と料理屋のむすめどもの始末さ。縁切り状をたたきつけたところですなおに別れるようなしおらしい女ではない。もとはといえば、それぞれ芯のあるところが三平の気に入ってつき合うようになったくらいだからね。そこでかれは最も合理的と信ずる手段でこれらの女を処分することにきめたのだ。しかもそれを決断しその方法を考えだすのに、かれの優秀な頭脳はたった三分間しか要しなかったものだよ」

月はつくづく感心したようにいって、ちょっと言葉を切った。

「つぎに三平はなにをしたと思うね？」

「さあ、なにをやったでしょうな？」

「それがじつに奇想天外な方法なのだよ。わたしもかれの真意がどこにあるんだかさっぱり判らなかったがね。まず机の上のタイプライターのカバーをとると、パナマのエンリケ・ロドリゲス商会あてに、サイズと品質を指定した特製の水着を注文して飛行便で投函すると、今度はちかくの家具屋と八百屋と酒屋と肉屋に電話をかけたものさ」

月がそこまで語ったときに、北風にのってただよってきたうす雲が、まんまるなその顔をかくしてしまった。

「うるさい雲だ。このごろのアプレ雲はどうもずうずうしくていけないよ」

月は腹立たしそうにつぶやいた。

2

「恵良がどういう具合にこの三人の女を処分していったかはあとまわしにして、三平が飼っていたふしぎな鶏について語っておかなくてはなるまいね」

雲がちぎれちぎれに飛んでいってしまうと、月はいくらかはずんだ口調で話をはじめた。

「三平がユリ子と知り合ったのは去年の三月のはじめだったが、これから語ろうとする事件がおきたのは七月下旬だったよ。かれが大きな養鶏場をもっていたことは先程もちょっとふれておいたと思うけれども、レグホーンとプリマス・ロックをそれぞれ五千羽ずつ飼養していたから、結構いい収益をあげていたものだ。

きみも知っているとおり卵を孵化させると、雌雄鑑別の技師によって雄と雌とに分類して、需要の少い雄ビナは捨て値で売らなくてはならない。ところがこの方法には無駄が非常に多いのだ。

特殊技能の所持者である鑑別技師にはらうサラリーは莫大なものだし、役にたたない雄の卵を孵化するなんて全く意味がないことだ。しかるに恵良の経営法は世界でただ一つの最も経済的かつ直線的に合理化されたものだったよ。というのはだね、卵を孵化器にいれる前に雌雄を鑑別して、雌の卵は孵化させるけど雄の卵はそのまま食用として売ってしまうからだ。しかも卵の雌雄鑑別がただの一度もミスを犯したことがないという完璧なものだから、これ以上に合理的な経営法はないじゃないか」

「ほう、卵の雌雄を見わける方法があるんですか、どうも信じられんですな」

ぼくだけでなく、誰だってそう思うに違いなかろう。ぼくの疑問は当然なはずなのに、月はいささか機嫌を損じたらしく、少々顔色が赤くなった。月の感情の変化はかれの色をみていればすぐ判るのである。大体がかれは親切で好人物ではあるけれど、それだけに怒りっぽい性格のように思われた。

「フン、きみには信じられんかも知れんさ。だがよく考えてみたまえ。いいかね、いま鶏の前に生れたばかりの人間の裸の赤ン坊をみせたとする。はたしてその鶏に赤児の性別が認識できると思うかね」

かれは妙に高圧的な調子でいった。

「そりゃ判らんでしょうな」

「そのとおりだ。鶏はなにを以て人間の性を識別するべきか全然知識がないわけだからな。ところできみ、その反対の場合を考えてみたまえ。卵を一見しただけで雌雄を区別することはきみ等人間にとっては不可能だろうが、人間に不可能だからといって鶏にも不可能だときめてかかるのは独断にすぎる。人間特有の思い上った態度といわれても仕方あるまい」

「すると卵の性別の鑑定は鶏にやらせるのですか。あなたのお話をきいているとそう考えたくなりますな」

「そうさ、卵の鑑別は鶏にやらせる」

「なるほど鶏が卵を見ただけで雌雄の別を知るということは解りましたが、それをいかなる手段で人間に伝えたのでしょう？」

「そこだて。この恵良という男のところにひとつがいの黒い鶏がいたものだ。羽根も黒ければトサカも黒い。嘴も脚も肉も骨も、おまけに生んだ卵も真ッ黒だった。まさにあの珍鳥の鳥黒鶏《うこっけい》以上のめずらしい鶏なんだよ。卵肉兼用のプリマス・ロックみたいに仲々立派な体格の鶏だったがね。おどろく勿れ、これが日本語をペラペラ喋ることができるんだ」

「それは訝しいですね」

口をすべらせてぼくは思わずはっとした。だが案に相違して月の表情はおだやかだった。いましがた示した興奮をおとなげなしと反省したためだろうか。

「なにが訝しいのかね？　どうもきみ等近代人は懐疑的で困るよ。ありそうもないことと絶対にないこととの区別をはっきりさせておかないから、いまみたいな愚問を発するようになるのだ。いいかね、おうむや九官鳥が人語を喋ることはきみも知っているだろう？　あれは山彦のように人間のいうことを撥ね返すにすぎないのだが、智能がもう一歩発達した鳥がいたなら、単に覚えた単語を無意味に反復するにとどまらないで、自由にこれを駆使して人間と意志の交流をはかることができるのだ。黒い鶏がまさにそれだったよ。

さて、もうきみも気づいたと思うけれど、三平は一万羽の鶏が生んだ卵を黒い鶏の前に持ってきて、あれは雌だとか、これは雄だとか、鑑別してもらっていた。ところが七月下旬のある日曜日の夕方ちかい頃だったが、禽舎をまわって卵をあつめていた三平は、幾千という数のなかにただ一つ、それは煤をニカワでねりかためたような真ッ黒な卵を見出したのさ。そしていつものとおり黒い鶏を呼んで雌雄を鑑別させているうちに、かれがつまみあげた黒い卵をみた雌鶏は、いくらかの躊躇をしたのちこういったものだった。

『ねえ旦那様、あなたがお手にしている黒い卵は、じつはあたくしどもが生んだものでございますよ』

『ほう、お前どもがね？』

『ハイ、それについてはなはだ申しあげにくいことでございますけど、ご承知のとおりあたくしども夫婦は一生の間に雌雄一個ずつの卵しか生めないものですから、後とりをつくりますために、その黒い卵を食料品店にお売りにならずにあたくしどもにお委せ頂けませんでしょうか』

『ダメだね』

三平の返事はにべもなかったよ。身分も考えずに主人にむかって失敬なことをいいやがる。僭越至極なやつだ、とまあ感じたのだろうね。ひどく勿体ぶるたちの男だったから、鶏にこのように訴えられたことがカチンときたとみえる。とたんに頬から血の気がひいたものだよ。

『おや、いけませんか』

『当り前だ。お前がおれの商売を知らぬはずはないだろう。伊達《だて》に鶏を飼っているのじゃないぜ。卵を生ませるために飼っているんだ、お前が一生に二個しか産卵しないならかえって恐縮してその卵を俺にささげるべきじゃないか。飼い殺しにされている有難さをわすれてなソというい草だ、お前少し増長しているぞ！』

するとたまりかねて横から雄鶏が喙をいれたね。

『旦那様、そりゃちょっとお言葉がすぎやしませんかね。なるほどこいつは生涯に二個しか産卵しませんや。だが、むだめしを喰ってるわけじゃねえ。卵の鑑別で少しはお役に立っているつもりですがね』

そういわれて三平は、蒼白んだ顔でふりむくと雄鶏の顔をキッとにらんだよ。

『生意気なことをいうな！　貴様はまるでおれの役に立っているような口吻じゃないか。おれはなにもお前なんか必要としているんじゃないぞ。貴様がいなくたっておれの商売はやっていけるんだ。とにかくこの卵が雄鶏ときまればなおさら孵すわけにゃいかん。こうしてやる』

カチャリと柱のかどにうちつけて殻をわったかと思うと口のなかへおとしこんで、アッという間にゴクリと呑んでしまったものだ。このことが後々あの男にどういう因果をもたらすようになるか、当時はわたしにも全く見当がつかなかったよ。

さて恵良は卵のからをポイとほうりだして、

『どうだい、ざまァみやがれ』

と、憎々しげに雄鶏にむかっていったものさ。

『旦那、そりゃあンまりですぜ』

『何を！　あんまりとはなンだ。よし、貴様らのうぬぼれ根性をたたきのめしてやろう。よいか、見とれよ。お前がいなくてもおれはなんの痛痒も感じないということを、いまこの場で思い知らせてやる』

三平はそういうとあらあらしく立ち上って鶏舎をでていったが、まもなく一脚のテーブルと二本の紐と、二個の煉瓦をもってもどった。一体それ等をなにに使うんだか、わたしは大きな興味をもって窓から覗きつづけていたのさ。かれのまがまがしいそぶりからなにか不吉なものを予感していやアな気持だったがね。

黙々として紐を梁にくくりつけると、中間に一重結びの大きな輪をこしらえた。そうだ、ぐいと引けばこま結びになるやつだね。そして二本の紐の端にそれぞれ煉瓦をゆわえつけるとテーブルの上に並べておいた。つぎに、いぶかしげに首をかたげて見つめている雄鶏をつかまえると、有無をいわさずその頸を輪のなかにさしこんでおいて、靴の先でテーブルの煉瓦をけおとしたのさ。

煉瓦が床におちようとして届かずに空間でブランとゆれたとき、当然の結果として、紐の輪は雄鶏のくびをギュッと締めることになる。雄鶏は二、三度羽ばたいてもがいたものの、すぐにダラリとなって死んじまった。かれが白いうす皮の瞼をとじ、鼻から血をにじませて悶絶する姿を、恵良はさも心地よさそうにながめておったよ。そして、ひたいにたれたひとすじのおくれ毛をかきあげながら、反応いかにというふうに雌鶏の表情をみたものさ。そのときの三平の顔は虫も殺さぬほどにすんだ美しさをたたえていたよ、このわたしでさえうっとりと見とれるくらいにね。

『悪者！　気違い！　人でなし！』

雌鶏は考えつくかぎりの雑言をならべて主人を罵倒したかと思うと、パッと翼をひろげてテーブルにとびあがった。三平はいくら悪口をいわれても平気の平左だ。雌鶏が怒れば怒るだけ自分のリンチの効果が大きかったわけだからな。

『よくも恥しげもなくこんな残酷なことができるのね！　あんたは二重人格のペテン師よ。きっと報いがくるから覚えてるがいい。あたしはあんたの手などかりずに死んでみせるわ。だれがそんな卑怯者の汚らわしい手なぞ借りるもんですか？』

いいおわるか終らぬうちに雌鶏は力をこめてテーブルの上の煉瓦をけとばすと、間髪をいれずにばさッととびあがって紐の輪の間に頸をつっこんだものだ。

ギュッともいいはしない。脚を一、二度痙攣させただけでたちまちぐったりさ。まさか鶏が自殺をやるとは思わなかったとみえて三平も意外な面持ちでつっ立っていたが、すぐにふてくされた笑みをうかべて呟いたものだ。

『フン、くびる手数がはぶけて大助りだ。バカヤローどもが！』

二羽のむくろを紐からはずすとその場で毛をむしりはじめた。一見弱々しい顔つきをしていながら、どうしてなかなか神経のふとい男だったよ。尤もかれが図太い男だということは、三人の女を始末する際にイヤというほど知らされたがね。

その夜二羽ともとり鍋にして喰ってしまったわけだが、翌々日たずねて来た花田ユリ子が黒い鶏のいないことをいぶかると、三平はヌケヌケとこんなふうに答えたね。

『ああ、あれですか。じつはね、このちかくに引揚げ者の未亡人がいるのですよ。いたいけな子供をかかえた上に病気になりましてね、気の毒なものだから毎日卵を百個ずつ持っていってあげていたんですが、医者は鶏のスープが効くというんですな。その話をきいたあの鶏は、卵を生むことができないことをかねがね肩身せまく思っていたためか、みずからすすんで犠牲になることを申しでてくれたのですね。屠所にひかれる羊というたとえがありますが、あの鶏はじつにじつにしっかりしていました。まるで殉教者のように落ちついた態度で頸をひねられましたよ。ああ、なんという崇高な精神だろう！　頸に紐をまきつけながらぼくは訊いたのです。なにかいい残すことはないかとね。するとかれ等はただ一言、ユリ子さんにサヨナラと伝えてくれるよう頼んだのです。不覚にもぼくはホロリと涙をおとしましたよ』

『まあ……』

と純情な乙女は言葉もないようだったよ。黒いつぶらな眸にみるみる涙がにじみでたかと思うと、やがてツーと頰をつたって、白いサテンの服にポトリとすいこまれていったね。ユリ子はたまらなくなって三平の胸に顔をうずめ、泣きじゃくりつついったものさ。

『可哀そうなこと。でもあなたもずいぶん優しい思いやりのあるおかたね。ほんとうに、ほんとうに……』

ユリ子はあとの言葉もつづかぬようにいつまでもいつまでも泣いていたよ」

月はそこでポッンと話をやめると、当時のことを思いだしたように、ふっとその丸い顔をくもらせた。

3

「きみは長良川の鵜飼いを見たことがあるかね？」

藪から棒にかれは妙なことをたずねた。

「フン、ないかね。イヤ、見た経験はなくともかまわんのだが、鵜匠が鵜の頸にむすんだなわを決してもつれさせずに巧みにさばく有様が、恵良三平の三人の女性をあやつる姿によく似ているのだよ。かれは適宜にそれ等の女のなかの一人をえらんで、自宅に呼んだり銀座を歩いたりしていたものだけれど、女同士が顔をあわせるようなヘマは間違ってもしなかったから、その天才的な手腕にはおどろくほかはない。だから料理屋のむすめにしても靴屋のむすめにしてもライバルがいるとは夢にも思わずに、一途に自分が三平の未来の女房になるものとばかり信じきっていたわけだ。元来が女性というものはうぬぼれがつよい動物だからね。

さてかれが行動をおこしたのは、先にものべたと思うけれども、注文をうけた家具屋が品物をとどけた翌々日のことなのだ。当時のわたしはにぶい光りの残月だったから視力が充分にきかないため、その品物がなにであるか見極めることができなかった。平べったい長方形のもので、三尺に六尺ばかりの大きさがあることだけは判ったがね。料理屋のむすめはは\u3093子という名の、しもぶくれのした目の小さな女だった。商売が商売だから和服がよく似あう。しかし性格はどちらかというと気がつよくて負けず嫌いなところがあった。三平はまず第一の犠牲者としてはん子をえらんだのさ。

恵良という男は物事をなすにあたって深謀遠慮をめぐらすたちとみえる。そのときも二つの予備作戦をたてたものだよ。まず第一にはん子との交際を二週間ほど絶った。手紙がきても返事を書かないし電話がかかってきても受話器をはずさない。ヤキモキして尋ねてくれば居留守をつかって追い返してしまうといった按配だ。そして第二にはユリ子と二人で歩く姿をそれとなくはん子に目撃させたのだ。当然のことだがはん子は嫉妬で発狂しそうになっていたね。用意万端ととのうと彼女を自宅によびよせた。

『やに冷たくなったじゃないか、あんたってばさ』

面とむかうとはん子は早速に切り出したものだよ。いままでは逢ったらああもいってやろうこうもいってやりたいと思っていたが、いざとなるとこの程度のイヤ味しかいえないことを、勝気な女だけに自分自身で腹立たしく感じたらしい。うつむいてどうやら涙ぐんでいたものさ。歯をバリバリと嚙みしめてね。

『なンだい、急に妙な因縁をつけるじゃないか』

三平は平然とそらうそぶいてみせたね。

『へえ、因縁がきいてあきれるよ。あたしァちゃんと知ってるのさ。一体あの乳くさいすべたは何処の女なんだね？　いっとくがあたしゃ少々気が立ってるんだよ。そう易々とお前さんを他の女に渡しゃしないからね、ヘン、はばかりさま！』

『おい、なにを勘違いしてるンだ？』

『おや、まだあたしを誤魔化そうてのかい？　こないだ一緒に歩いてた女は誰だというのさ。この半月というもの急に冷たくなって手紙をだしても返事もくれなかったじゃないか。あたしという女に飽きがきた証拠だよ』

『そこだ、そのことできみに来てもらったんだ。まあ興奮しないでおちついて聞け。いかにもおれがあの女と出歩いていたのは本当さ。なにもかくすわけではない。じつはな、おれもあの女にゃほとほと手を焼いとるんだ。ちょっとした弱味につけこんでダニのように喰いつきやがる。おれは蛇ににらまれた蛙みたいな恰好さ、どうにもならないんだ。おまけに酷いやきもち焼きときてやがる。きみのことが知れたら最後だ、おそらくわれわれ無事じゃいられまいね。だからきみに迷惑をかけまいとしてしばらく遠ざかっていたんだよ』

恵良という男はたくみな俳優だね。事情を知らなければわたしでさえ本気にしたかもしれないもの。

『あらそうだったのかい、知らないもんだからやきもちなんか焼いてわるかったわね。どこの馬の骨だか知らないけど、さっさとカタをつければいいじゃないのさ』

『じつはな、おれもそう考えていたんだ。だが一人でやったんじゃまずい。第一あの女が殺されたらまず疑ぐられるのはおれだ。だからよ、代りにきみがやってくれないか、膳立ては万事おれがする。きみが料理してる間、おれは銀座のバーに顔をだしてアリバイをつくっておく』

二人の相談はこんな工合にまとまったね。なにしろはん子という女がまた下町育ちで血の気が多いときてる。

『あたしも江戸ッ子さ、頼まれたらあとにゃひかないよ』

とかなんとかいってポンと胸をたたいたものだ。

『さすがは姐御だ、たのもしいや。では明日の午後七時きっかりにここに来てくれ。となりの部屋にその女を呼びよせておく。武器はドス。ピストルは音がするからまずい。いきなり相手の胸に顔をあててビックリしているとこを刺すんだ。ただ注意しておかにゃならんのは、やつの心臓は右側にあるということだ。慌てでまちがうなよ。殺したら湯に入って返り血をながして帰るんだ、風呂はわかしておくからな。屍体の始末はおれがやる』

話がまとまると二人は立ち上って何度も実演をやったよ。殺人劇の練習というものは見ていて気持のいいものじゃないね」

かれはそういうと、当時のことをまざまざと思いうかべたかのように、一瞬アップルパイのようなまるい顔をかげらせた。

「さてあくる日の午後七時、三平は銀座のゆきつけのバーでハイボールを呑んでいた。ひどく嬉しそうにはしゃいでいるのでバーテンも気がついたとみえる。

『旦那、今夜はまたひどく楽しそうじゃありませんか。レコでもできましたか』

そういって小指を出してみせたものさ。どうもあれは下品なゼスチュアでわたしは好きになれないね。

おなじ頃はん子はドスを逆手にぬき足さし足そっとあの部屋のドアをあけていた。すると相手の女も不審な気配に気づいたのか、これまた血走った目をギラギラさせてはん子の前に立ちふさがっているではないか。闘争心に火をつけられたはん子は機先を制して、ヤッとばかりに渾身の力を左手のドスにこめてつきあげた。たちまち起る断末魔の叫びは、はるか中天をこえてここまで聞えてきた。思わずわたしも背筋にドライアイスをあてられたようにゾッとしたものだよ。

恵良の家から起ったものすごい叫びに近所の人々が胆をつぶしてかけつけてみると、三平の居間から寝室に通じるドアのところで、心臓に短刀をぶちこまれたはん子が、苦痛と驚愕に顔をゆがめてこと切れているのを発見した。女の周囲にはこなごなにくだけたガラスの破片がとび散っていて、その一片をひろってみると鏡であることが判った。わたしはこのときになってようやく事の次第を理解したのだよ。

はん子があけたドアの向うには、あらかじめ三平が家具屋からとりよせておいた大型の鏡が立てかけてあったわけだ。だから彼女が宿敵とみたのはほかならぬ自分の影像だったのだよ。嫉妬に狂った女に冷静な判断がつくはずのないことを、三平はちゃんと勘定にいれておいたのだ。はん子が左手ににぎりしめたドスで相手をつきあげたとき、先方もまた右手に握った兇器ではん子の左胸をつき刺したわけだ。いくら気のつよいはん子であっても、大切な心臓をやられてはたまらん。イチコロで参ってしまったのはむりない。だが力あまってはん子が鏡をこなごなにぶち壊したために、彼女を殺害した犯人は永久にこの世から姿を消してしまった。当局がいくら騒いだところで犯人が挙るわけは絶対にありはしないのさ。

こうして恵良三平はわたし以外にだれ一人として真相を知ったもののいない完全殺人をなしと

げたことになる。はん子の死は当然のことながら自殺としてかたづけられてしまった。どうだね、三平がどれほどかしこい悪魔であるか判っただろう?」

月はぼくの顔を覗き込むようにして訊ねた。少し風がでて西のほうにちぎれ雲がわいていた。

4

「靴屋のむすめのナミはちょうどはたちだったから、まさに番茶も出花という年頃だった」

と月は語りつづけた。

「二十貫に三百匁たりない巨体は見事にはりきって、きみ等の言葉でいうとつまりその、ホレ、肉感的というやつだった。ある女子大の英文科をでたくせにどこか不良を気どるところがあって、下司っぽい隠語をよく使ったものだ。この女も勝気で鼻ッ柱がつよくて意地がわるくて、殺されてもあまり同情する気にはならなかったけれどもね。

大体が恵良三平は貧相な女が嫌いだったようだ。だから痩せてギクシャクした女に対してはほとんど見向きもしなかったが、ナミのようにブクブクふくれた女には案外興味を感じていたらしい。

前にも話しておいたことだけれどもエンリケ・ロドリゲス商会から特別に注文した水着がとどいた日、彼は早速ナミの職場に電話をかけて、鎌倉で夜の水泳をやろうと提案したものだ。

『あたしの水着もう型が古くて着られないのサ。もっとカットの深いのがほしいンだ。こないだの日曜にデパートに行ったらサ、どれもこれもサイズが合わなくてシャクにさわっちまったンだ。

だからこの夏は海へなんか行きたくないンだヨ』

『おい、そうふくれるなよ。おれがパナマに注文しといたすてきな水着がいまとどいたんだ。きみのサイズをいってやったんだからピッチリ合うはずだぜ。もっとも材料が余計にかかるというんでずいぶん高いものになったがね』

『ヘン、しみッたれたこといわないでヨ。あたしが肥ってようと痩せてようと勝手なことだヨ。ネヴァマインだわ。それにサ、外国へ注文するンならパリにでもたのめばいいのに、パナマなんて気がきかないヨ』

『いやに風あたりがつよいね。文句は実物をみてからいいたまえ。ツウピースのセパレーツでとてもすてきな色なんだ。玉虫色にかがやくんだぜ』

『笑わせないでヨ。パナマの水着なんてたかが知れてるじゃないのサ。でもそんなに頼むンなら行ってやらあ。何時ウ？』

『今夜さ』

『今夜ア？　あンたちと変よ、夜の鎌倉なんて意味ないじゃないの。いくらパナマのニュールックだってサ、見てくれる人がなくちゃはりあいがないヨ』

『馬鹿だなきみは、この水着は夜のためにつくってあるんだぜ。月の光りをあびて玉虫色に光ることを考えてみろ。おれが見てりゃほかの見物人なんているまい』

『あアら、その水着変ってンのネ。どこで待ち合せようか。え？　八時に東京駅？　ＯＫ、遅れちゃいやヨ、遅れないでネ、だ。あたし人を待つの大嫌いなのサ、待たすのは平気だけどネ。ちょイ待ち草のやるせなさ、だわ。今宵は月が出てほしや、ララララアだ』

三平は彼女のはしゃぐ声を聞きながら机の下にひろげた水着に目をやって、河馬のようなナミの最後の光景を胸に描いて、ニタニタほくそえんでいたものだよ」

ちぎれた雲がとんできたので月がしばらく口をつぐんだ。遠くの農家の鶏がなにを夢みたのかとぼけた調子でトキをつげると、あちこちで二、三の鶏がそれをまねる声がきこえた。

「……あの事件のあったのはちょうど満月の晩だったからね、わたしはかれ等の行動をよく見とどけることができたよ。二人の男女の微妙な表情の変化までもね。

三平がナミをつれてきたのは鎌倉駅から歩いて二十分ほどの由比ヶ浜海岸だった。二人をのぞいたら猫の仔一匹いない砂浜だ。かれは手にさげた小さなスーツケースをどさりと砂丘の下になげだしていった。

『ああ暑い、ずいぶん蒸すね』

『あたり前ヨ、一里ぐらい歩いたじゃないのサ』

三平はそれに答えないで砂の上にひざまずき、ケースのなかから二人の水着をとりだした。

『アラまあ、これなの？　ちょイとすてきだわネ。悪くないかしら、こんなの買ってもらって……』

ナミは水着を服の上から体にあてて、と見こう見しながらわくわくしていた。

『向うをむいてるから着てみたまえ』

『いいわヨ、こっちを見てたって』

ちかごろの大和撫子は大胆だね。いや、大胆というよりも羞恥の感覚がマヒしとるんだな。ひょっとするとこれも放射能の影響じゃないかと思うがどんなもんだろうね。ともかくナミはあれよあれよと思う間に服をぬぎスリップをぬぎパンティをはずして、すッ裸になってしまったよ。見ているわたしのほうが恥しくなって、顔は赤くなるし動悸ははげしくなるし、いまにも気絶しそうだった。

恵良三平はスーツケースのなかからサンドイッチをとりだすとむしゃむしゃやりはじめた。

『ネ、ちょイと。この水着ちっとも玉虫色に光らないじゃないの』

ナミは水着をつまみながらふくれてみせた。

『水に濡れなくちゃダメさ。それよかきみ、サンドイッチ喰わないか』

『やだ、おなかはいっぱいサ』

ナミは一刻も早く泳ぎたくてたまらないんだね。この水着が水にぬれて燦然と玉虫色に光るところまでお伽噺のお姫様のようじゃないか。彼女はそう思ってはずむ心を押えて水着を身につけたよ。少々ゴソゴソした手ざわりのわるい織り物だったが、そんなことを気にかけている場合じゃなかった。

『やあ素晴しいじゃないか。おれはサンドイッチを喰ってから仕度をする』きみは早く泳いだらいいだろ。ああ、きみが玉虫色にかがやく姿はきっとアフロディーチェよりもうつくしいと思うね』

ナミという女は極めて簡単におだてにのるたちだった。だからサンダルをポイと砂の上にぬぎすてるとザブザブと海のなかに入っていったね。ビール樽が波間に浮んでいるような彼女の姿にちらと目をやると、三平は皮肉な笑みをうかべて立ち上り、ズボンの砂をはらってスーツケース片手にスタスタともどりはじめたのだ。正直のところわたしもそのときはアレ？　と思ったよ。かれの意図がどこにあるのかさっぱり判らなかったからね。

五十メートルばかり歩いたときのことだ、銀色にくだける波の間からギャー！　という世にも悲痛な絶叫がきこえたが、それに驚いて疳の虫をおこしたのは一匹のヤドカリの子供だけで、三平は耳がきこえないように平然として振り返りもせずに行ってしまった。頬をゆがめてヒクヒクさせていたのは、嗤っているにちがいないと思ったね」

月の顔がすーっとかげったのは、かれのいわゆる「アプレ雲」のせいではない。恵良三平の残酷なやりかたを思って暗然としたからである。

「そのあくる日の午後のことだ、ある鉄鋼会社の社員たちがバスに乗って団体で泳ぎに来た。そして余興として漁師に地引き網をやらせたものだ。網がだんだんひきしぼられてくるにしたがって、黒鯛やアジや、キスや、はてはタツノオトシゴまでがとれて社員は大喜びだった。ところがいよいよ最後になって網の底に青白い人魚のようなものを発見したのだ。いうまでもないことだが昨夜無残な死をとげたナミのなきがらだったよ。一同びっくり仰天して派出所の警官を呼んでくる、砂浜にひきあげて検視がはじまる、上を下への大騒ぎとなった。ナミは口からダラリとはらわたを吐きだして、その姿はまるで嵐の翌朝うちあげられた深海魚そっくりだと漁師たちがささやいていたものさ。

やがて駆けつけた警察医の言によると、彼女の口からぶらさがっているのは腎臓だとか膀胱だとかの五臓六腑しめて十一のはらわたで、なかでも最も頑丈な靴の底みたいにかたく厚い臓物はなんと心臓なのだそうだ。それを聞いて、あの女の図々しかったわけがさてこそとうなずけたものだったよ。

死因は猛烈な力で胴体をしめつけていた水着によるための圧死と推定された。後日その水着は専門家のもとに送られて調べられたのだが、水分にあうとたちまち収縮するパナマ特産の竜舌蘭の繊維でできているすこぶる奇妙なしろものであることが判った。この事件は運動具店やデパートの水着売り場に大きな影響をあたえた。人々が恐ろしがって水泳着を買わなくなったからね。倒産して一家心中をしたスポーツ洋品店が東京だけで四軒あったから、三平は間接にこれ等の人人を殺したともいえる。当局はすぐに調査を開始したけれど、あの水着をこしらえた業者が日本にあるはずもなかったから、結局うやむやのうちに終ってしまったのだ。それにしても恵良三平のいかに残虐であるかこれでよく解ったことと思うが、服屋のむすめを殺した話に至っては残虐をとおりこして、わたしにはなんともいうべき言葉がないくらいだよ」

こうして人の好奇心をかきたてておいて一服するところなど、月の話術はなかなかたくみなものだった。窓から吹き込む風が水っぽく感じられるのは雨になる前兆である。西空にわいた黒雲はだいぶ拡がってきたけれど月の周囲は一面に晴れていて、ここしばらくかれの話をさまたげる何物もないように思われた。

5

「三番目の犠牲者はタズ子といって二十二歳になる女だった」

と月は語りはじめた。

「オリエンタル・ファッショングループに属しているモデル女だったからスタイルは満点だ。世間に八頭身という言葉があるが、タズ子の場合は九頭身だったね。おおげさにいえばヘソのあたりからスラリとした二本の長い脚がわかれていた。あれほどスマートな均整のとれた女は古今東西をかえりみて一人もいなかったね。彼女に比べると、美人のほまれ高い小野小町なんかみっともない体をしていたもんだよ。わたしもちょいちょい小町の入浴姿をのぞいてみたがね、十二ひとえにおすべらかしの正装した形はちょっといいものだったが、裸になると胴ばかりながくてどうにもいただけなかったね。

また話が脱線したようだ。とにかくこのタズ子はうつくしい体をしていた。昨年度のミスユニヴァースで特等になったのは当然だ。ところが彼女にも一つの欠陥があった。タズ子の体つきが均整がとれていたのは、他面からいうと頭が非常に小さかったからだ。だが頭が小さいことは収容する脳の量が少いというわけにもなる。事実タズ子は精神年齢十二歳ほどの、どちらかというと白痴にちかい頭脳の所有者なのだ。それでいて本能のみは人並以上に発達していた。恵良としても腕を組んで銀座を歩くにはこの上なく恰好の同伴者で、かれは多くの銀座マンから羨望の眼をもって見られていたけれど、それ以外の点では全くもてあましていた。しかもタズ子は九カ月のちには彼の子供の母親となるべき事情があったのだ。

そうだ、タズ子の白痴ぶりを示すのにこんな話があるよ。あれは一昨年のある満月の夜のことだったが、二人が庭のベンチに腰をおろして甘い会話をかわしていたとき、いきなりタズ子がわたしを指さすといったものさ。

『ねえ、あたしお月様がほしいの、取って頂戴!』

これにはわたしも侮辱されたようではなはだ面白くなかったが、一度いいだすとタズ子はもう駄々っ子と変らない。手足をばたばたさせて泣きだす。さすがの三平も当惑しきっていたよ。結局はかれが秘蔵していたブルガリヤの香水をあたえることによっておとなしくさせることができたがね、わたしは自分の価値が香水一瓶にも及ばぬことを知って、ひどくバカバカしい気がしたもんだよ」

憮然としたようにいった。憤りをあらたにしたためか、月の顔にまた赤味がさした。

「さて、靴屋の娘が鎌倉の海岸であのようなぶざまな最後をとげたわずか二日のち、三平はタズ子をおのれの家に呼んだものだ。

『ねえ、タズ子、今夜はキャバレにいって大いに遊んで来ようと思うんだが、どうだい?』

『キャバレ? いいなあ、あたしこの半月ばかり踊ってないのよ、どこにしようか』

『ファンタジアがいいだろ、あそこはバンドが上手だからな。まだ四時半だ、ぼくはもうすませたんだがきみもひと風呂あびないか。中国の美人がよくやる北京式の入浴美容法だ』

『あら、やってみたいわね』

と彼女はすぐに乗り気になった。なにぶんタズ子は美しくなることがなによりの望みであり、そのためには命をなげうって悔いないほどだったからね。

『北京式入浴法ってどんなの？』

『そのかみ楊貴妃が愛用したという伝説のあるやつだ。皮膚がすべすべになること牛乳風呂以上だね。どうだい、やってみるかい？』

『そうね、やってみたいな』

『じゃ浴びたまえ。ただし北京式だから少々変ってるぜ』

そうした問答があったあと、タズ子はシャワーの下につれてゆかれて、体を丹念にきよめるようにいわれた。入浴の前に体を洗うのも妙なやりかただけど、それが北京式入浴法なのかと思って大してあやしむ気も起らなかったのだね。

『三平さん、バスタオル持ってきてよオ』

タズ子がどこかぬけた声をはりあげると、恵良はあわててとんでいったね。

『体をふいてはいけないのだ。そのぬれたままでこっちの箱のなかに寝たまえ。そして目をつぶってじーッとしているんだ』

タズ子のかたわらにふたをした長方形の箱がおいてある。開けてみるとなかには真白い粉が半分ほど入っているのだ。

『あアら、これなアに？』

『天花粉みたいなものだ。全身にこの粉をまぶすんだ』

彼女はいそいそと箱の底に身を横たえたよ。三平は両手で粉をすくうとタズ子の体にふりかけた。なにしろぬれているのだから白い粉はまんべんなく身についたもんだ。左様、白痴美をほこる顔までベタ一面に真白になったね。

『さあ立ってもいいぜ』

起きあがる女の手をひいて今度は琺瑯びきの大きなバスチューブ型のタンクの前につれてきた。底には黄色くドロドロした液体が四分の一ほど入れてある。

『今度はなにするの？』

と雪人形のような女が訊いた。

『卵をといたものさ。今日生んだ卵を全部わったんだよ。これにとっぷりとつかると、全身の皮膚の細胞に栄養をあたえることになる。どうだね、少々ヌルヌルして気持がわるいかもしれないが、我慢してあびてみるかね？』

『アラ、あたしお顔の卵パックはしたことあるけど、全身のパックをしたことないわ。でもずいぶん贅沢だわね』

『きみに美しくなってもらいたいからさ』

『まア嬉しい！』

そういってタズ子は真白い粉だらけの唇をつきだしたものさ。

『おいおい、キスは風呂からでてにしてもらいたいね』

三平はニヤニヤしながら女をタンクの底に横たえたよ。そして前回とおなじように卵をすくってタズ子の体にかけたのさ。

『さあこれでよし、ツルツルすべるから気をつけて立ちたまえ』

ふたたび手をかりて立ったタズ子の姿は、まるで黄金の像のようにみえたね。女は目をつぶったままつぎの箱の前につれて行かれた。やはりなかには粉が入れてあるけれども、今度は天花粉とはちがって砂のようにさらさらした感じのものだった。それをタズ子の体にふりかけたことは前の場合とおんなじさ。

『さあ、これでおしまいだよ。起きあがって余分についた粉をおとしたまえ』

卵まみれになっていたから全身に粉がベッタリとついたわけだが、それでも女が動くと砂壁の砂がちるように、粉はサラサラと落ちたね。三平は素早く彼女をだきあげながらいったものだ。

『いよいよ今度は風呂だ、なかなか変ったやり方だろう？　そのかわりきみの皮膚は剝きたてのウデ玉子のようにツルツルになるんだぜ。風呂のなかでいま塗ったものをすっかり洗いおとすんだ。そのあとでもう一度シャワーにかかって香料を全身にすりこめば、たちまち王女様のご誕生だよ。ぼくのとこの風呂釜は五右衛門風呂というやつでね、そのむかし石川五右衛門を釜ゆでにした国宝級のしろものなんだぜ、覚悟はいいかね、アハハハ』

女は黙ったままこっくりをした。また粉がハラハラとおちた。

『ぼくがだっこしたまま風呂に入れてやるよ、大きな赤ちゃんだなあ、ほんとに！』

かれは両手に抱いた女をそっとすべりおとすように風呂のなかに入れた。タズ子はまず顔を洗うつもりでいたよ。粉が一面についてまるでお面をかぶっているみたいだったからね。ところがそうするわけにはゆかなかったんだよ。ジュッと音がすると同時に香ばしい煙りが立って、女は一瞬に感覚を失ってしまった。客観的ないい方をすれば死んじまったのさ。浴槽のなかの液体はお湯じゃなくてラードだったから、たちまちフライになったというわけだ。全身に塗られたものがメリケン粉と卵とパン粉であることに気づくゆとりもなかったろうよ。彼女は大きなフライパンのなかにぷっかり浮んで、ジュウジュウと音をたてて揚げられていた。

三平はまるでレストランの名コックのように冷静な表情でタズ子を眺めていたが、長い火ばさみを手にすると女の体を裏返しにしてコンガリと狐色になるまで揚げ、やがて油をきると大きな皿にのせて食堂へ運んでいった。食卓の上には五貫目のせん切りキャベジがのせてある。三平は飢えたようにガツガツした態度で頭から恋人のカツレツを喰べはじめたよ。どうしたわけか近頃のかれはひどく食慾が旺盛になってきている。それに気がついて医者に診てもらえばああしたカタストロフィは避けることができたはずだったが、そこがまあ三平の運のないとこなんだね。とにかく腹がへっているままにムシャムシャと喰って、やがて、三時間のちには大皿の上にソースにまみれたタズ子の骸骨がいたましく横たえられていた。後にも先にもわたしはあのような鬼気せまる光景をみたことがない。タズ子の腹のなかにはかれの子供が宿っていたはずだが、三平はそれまで喰べてしまったのだからね。そして自分はかたわらのソファの上に寝て高いびきさ。良心の呵責なんてことは全然感じていないね。それは靴屋のむすめが羞恥心をどこかに置き忘れていたのと少しも変りがない。いや全く驚いたものだったよ」

月はしんから驚いたように目を丸くするとフーッと吐息をついた。

「……恵良三平の極悪非道な殺人は三つとも事なく遂行されて、あとは花田ユリ子と結婚するだけだった。だが有頂天になっていたかれは、すでに破滅の淵に向って一歩一歩あゆみつつあったことを、愚かにも全く知らずにいたのだよ」

月はわたしの捕捉できないことを語ってにやりとした。

「その月のみそかになって、八百屋と酒屋と肉屋の小僧がキャベジとテーブルソースとラードの代金を請求にでかけたところが、三人とも三平に袋叩きにされてほうほうのていで逃げて帰った。十三貫目のカツレツから得たエネルギーに敵するはずもなかったのさ」

6

その頃から雨雲は次第にひろがってゆき、空の半分は黒くぬりつぶされていた。

「雨になるな」

月はあたりを見廻してポツリといった。雲脚は加速度的に速さをましてくるようだった。

「悪くすると話がすまないうちに降られるな、少し急いで結末をつけるとしよう。メモのほうはいいかね？」

月はそういって話のピッチを上げた。

「それはある博士令嬢の誕生祝いの舞踏会のことだった。令嬢と花田ユリ子が仲よしだったため、恵良三平も招れていたわけさ。丸ノ内の有名な建物を会場にして、女性はみなイヴニング姿、男はそろってタキシードという、この国ではめずらしい贅沢な舞踏会だった。ユリ子もいろいろな男性からダンスを申し込まれて楽しそうに踊っていたし、三平はダンスの教師の免状を持っているくらいだからこれもわかく美しい婦人達に大いにもてていた。そして三平のペアとユリ子のペアがすれ違うと、二人はにっこり微笑して目礼を交したものだ。

馬子にも衣裳という言葉があるが、ただでさえ美男子の三平がタキシードを着た姿は、悪人ながらじつに凛々《りり》しいものだった。多くの女性がかれと踊りたがってヤキモヤしていたのもむりはない。この美男子を婚約者に持つユリ子が、すべての女性から羨望と嫉妬の目で見られたのもまた当然な話だよ。三平が着ているタキシードが服屋のむすめのタズ子の贈り物だということを知っているものは、わたしをのぞけば一人もいない。わたしはかれの鉄面皮な顔を見おろすたびに、なんとかしてこいつの悪事をあばいてやりたいと思ったものだが、悲しい哉、天上にいては何をすることもできん。話したところで、信じてもらえないのは明らかだ。ユリ子がむざむざとこの殺人鬼と結婚式を挙げるのを黙って見ているのは、じつにつらいことだった。

舞踏会の興奮は間もなくクライマックスに達した。だれもかれもが楽しそうに笑いさざめき、グラスをほし、そして踊った。と、そのときだ、陽気なクイックのメロディーが渦をまいているなかにそれとは全く別な、人の耳をそば立てずにはいられない無気味な忍び笑いがわき起ってきた。その笑いは波紋のようにみるみる拡がって四方の壁につき当ると、ふたたび広間の中心のほうにはね返っていった。踊っていた一組の男女がギクリとしたように表情を凍てつかせて、思わずステップを踏む足を止めた。ついで隣りのペアも踊りをやめた。するとそれを真似るようにすべての組が立ち止ってしまった。バンドマンも楽器を鳴らすことを止めた。全部の男女がたがいに顔を見合せ、そして無言のままあたりを見廻した。無気味な笑い声は傍若無人《ぼうじやくぶじん》に大きくなって、しずまり返った舞踏場の空気をふるわせた。

『あれなに？　あれなに？』

めがねをかけた女性が相手の男に訊ねた。

『どなたかしら？　嗤っているのどなたかしら？』

背の高い女性がふるえる声でいった。

すべての女が相手の男におなじような質問をしていた。ただ黙々としていたのは、三平と組んだ色の黒い女性だけだった。その笑い声が三平の腹のなかから漏れてくるのを知っていたからだ。そして、ゼンマイの狂った腹話術師のようなこの男を、一歩はなれたところでじっと観察していた。

さすがの三平も心持ち色蒼ざめてしきりに胃のあたりをもんでいた。かれにしてもさっぱりわけが解らなかった。このような場所で胃袋が謀叛をおこそうとは夢にも思わなかったのだ。この声をどうやって鎮《しず》めるべきか、この場をいかにしてとりつくろうべきか。

三平はこぶしを握ると、おのれの胃の下をピタピタと叩きだした。そして小声で呟いた。

『黙れ、黙れ、黙れ、黙れ……』

かれは満場の視線が自分にそそがれていることを意識して、ひたいにべっとり脂汗をにじませながら、なおも胃袋をなぐりつづけた。それでも笑いは止まなかった。うれしそうに、たのしそうに、そして、彼の醜態を嘲笑するように、声を大きくして高らかに笑いつづけた。

『黙れ、黙れ、黙れ……』

三平はなおもなぐることを止めなかった。髪はみだれ、脂汗とまじりあったポマードが顔から頸のあたりをギトギトにぬらした。カフスがはずれ、カラーがぶらさがり、ネクタイはひん曲っていた。だがかれはなおもなぐりつづけた。狼狽の極に達した三平は無我夢中だった。紳士をよそおったマスクはとうの昔に剝がれて、本性をむきだしにした悪鬼のような顔になっていた。その表情をみて紳士淑女は三平がいかなる人物であるか敏感に読みとることができた。だれも同情するものはなく、声をかけるものもなく、そっと離れたところに立って、三平を遠巻きにして見ていた。

するといままで高らかに嘲笑をつづけていた胃袋がぴたりと笑いやんだかと思うや、少年のようにすんだ声で語りはじめた。声ばかりでなく言葉の調子も子供のように無邪気だった。

『ボクハ知ッテルンダゾ、コノ男ガドンナ人間ダカ、チャント知ッテルンダゾ！』

一瞬三平は凝然として立ちすくんだ。口をぽかんとあけて思わずその声に耳を傾けるふうだった。

『スッパ抜イテヤルゾ、コノ男ノ悪事ヲスッカリバラシテヤルゾ。ヤイ、二重人格ノ恵良三平！オ前ハ物ヲイウ鶏ノ卵ヲ呑ンダコトヲ忘レテハイナイダロウナ。ボクハアノ卵カラ孵ッタヒヨコナンダゾ。人ニカクレテオ前ガヤッタコトヲ、ボクハオ前ノ胃袋ノ中デスッカリ見テイタンダ。オ前ハボクヲ胃ノ中デ養ッテイタクセニ、自分ノ食慾ガフエタコトヲ少シモ怪シマナカッタノダカラ、呆レハテタトンマ野郎ダゾ、全ク！』

ここに至って三平は俄然われにかえった。かれはふたたび胃を叩き、もみ、押え、必死になってヒヨコの口を封じようとはかない努力をつづけた。だが胃袋は決して喋りやめようとはしなかった。

『コノ男ハユリ子サンニ隠レテ、三人ノ娘ト交際シテイタンダゾ。ユリ子サント結婚スルノニ三人ノ娘ガ邪魔ニナルモノダカラ、順々ニ殺シテシマッタンダ。コイツハ殺人鬼ナンダゾ』

『違う、違う、こいつのいうことは出鱈目なんだ。ユリ子さん、諸君も決して信じないでくれ、頼む、頼む、嘘なんだ、中傷だ！』

三平はべそをかきながらあたりを見廻してユリ子に哀願し、周囲の人々に悲愴な見栄をきったものだ。

『嘘ナコトガアルモンカ！』

と胃袋のなかのヒヨコは叫んだ。そして三人の女の殺害情況を逐一のべはじめた。イヴニングドレスとタキシードの紳士淑女達やバンドマンは、迷宮に入りかけている料理屋のむすめの殺人事件の真相が暴露されていくにしたがって、ますます深刻な興味をもってヒヨコの声に耳をすませた。家をでたきり行方知れずになっている服屋と靴屋のむすめも、三平の手にかかって始末されたことを知った。もはや三平がどんな弁解をこころみようが、だれも相手にするものはなかった。

恵良三平はこれ以上みじめな敗北を味わうことに耐えられなくなったのだろう、ポケットからナイフをとりだすと逆手に握って、あっと思うまもなく自分の胃袋目がけてつきたてた。二度、三度、四度、五度……。タキシードの白い胸は、どくどくと吹きでる血潮のためにみるみるうちに真赤に染っていった。三平はヒクヒクと頬の筋肉をひきつらせ、ふらふらと倒れかかった足をふみしめるや残る気力をふるいおこして、おのれの胃袋をたてに一文字に切りさいてしまった。

『くたばれ！　思い知ったか！』

出血のためすでに意識もうろうとなったかれの絶叫は、つぶやくように小さな声だった。そして蒼白んだ片頬をけいれんさせたかと思うとたたらを踏むようにツンのめって、どうとあお向けにぶッ倒れてしまった。

『キャー』

という悲鳴が二、三の女の口から洩れた。三平は断末魔のくるしみにもがき、うめいて、二、三度手足をバタバタさせたのち動かなくなった。傷からあふれでた血のにおいはウビガンの香水にまじって、このわたしの鼻にまでただよってきたものだ。

するとそのとき人々は切りさかれた胃袋のなかから血まみれの雛鳥がヒョッコリと首をつきだしているのに気がついた。雛は二、三度身をもがくようにしてから強引に体をつっぱると胃袋からぬけだした。そしてさも憎々しげに屍体の顔の上をふみにじっていたが、ぴょいと床にとびおりるや真赤な足跡を点々とつけつつ、悪戯っぽい眸で人々の顔を見上げて歩いてまわった。それから羽をひろげて体についた血潮をパタパタッと払った。三平の血潮はこまかい霧のようにとび散って、呆然と立っている女達の純白なドレスにあざやかなしみをつくった。

雛鳥はやがて天井をむいて喙をあけると、勝ち誇ったように一声ないて開いた窓のふちに飛びあがり、ついで真暗な闇のなかへはばたいて姿を消してしまったのだ。

息づまるような出来事からようやくおのれを取りもどした人々がほっと溜息をついたとき、それまで辛うじて立ちつづけていたユリ子は、はげしいショックとそのあとにきた反動からばったり倒れてしまった。そして頭を床につよく叩きつけたのが原因でふたたび意識をとりもどすことなく、翌朝息をひきとった。意識を回復して不愉快な思い出にさいなまれるよりも、むしろ死んでしまったほうが彼女にとって幸福ではあるまいかとわたしは考える。こうして恵良三平は直接間接に四人のむすめの命をうばって、自分もまた真逆様に地獄の底に転落していったのだ」

語り終った月は息切れがするように大きな呼吸をした。黒雲はまさにかれの顔をつつもうとしている。

「で、その雛鳥はどこへ行ってしまったのですか」

とぼくは訊ねてみた。

「あれかい、はじめは東京湾に浮んでいる鵜のところにいったものさ。この雛は親鶏とおなじように真ッ黒な羽根をもっていたから、鵜に親近感を抱いていたのだろうね。だが哀しい哉みずかきがないものだから、海中にもぐることができずに溺れかかってしまった。そこで鵜に別れをつげると今度はカラスの仲間に入ったものだよ。いま上野の森に住むカラスのなかで、カアカアと鳴けずに妙な声をだす黒い鳥がいる。カラスとちがって飛ぶこともあまり得意じゃない。それがあの物をいう雛鳥なんだ。

その頃はそろそろトサカが生えかけて生意気ざかりになった。この奇妙な鳥に、ちかくの動物園や科学博物館の技師達が一向注目せずにいるのはどうしたわけだろうかと、わたしはいつもいぶかしく思っていたものだよ」

月がようやくそこまで語ってきたとき、雨雲は早やかれの顔をかくしかけていた。ほかに二、三訊きたいこともあったがそれは後日にまわして、ぼくはあわてて声をかけた。

「ありがとう、お月さん！　ぼくはこのことを原稿用紙に書くことにします。お礼は月見団子にしましょうか、それともビールにしましょうか！」

だがかれの顔はすでに真黒い雲につつまれてしまっていた。ぼくの声が聞こえないのか月の返事がとどかないのか、とにかくそのままになっている。一体どっちにしたらいいんだろうな。

青ひげよ、我に帰れ

赤川次郎

1

私は大欠伸《あくび》をした。

永井夕子が見たら、きっとまた、「カバの親類だったの」とでも皮肉を言うだろう。

しかし、警視庁捜査一課の警部だって、欠伸ぐらいするのである。別に、暇で退屈で仕方ないから欠伸をしたのではなく、仕事、仕事で寝不足の日が続いているのだ。

しかし、この日は珍しく忙中閑ありで、一日中、電話待ちというわけだった。もちろん事件を抱えてのことだが、待っている電話が来ないことには、身動きが取れないのである。

「早く連絡して来ないかなあ」

私は立ち上って伸びをすると、ぶらぶらと原田刑事の机の方へと歩いて行った。しかし、原田は机に覆いかぶさるようにして、何やら必死で見つめている様子。もしかして――というのも変だが――証拠写真でも見ているのかと、いささか遠慮がちに、原田の、陸上競技場みたいな背中の後ろに立って、エヘン、と咳払《せきばら》いをした。

原田は、振り向いて私の顔を見ると、

「宇野さん！」

と目をむいて、あわてて見ていた物を手で隠した。「な、何かご用ですか？」

「おい、隠すところをみると、さてはビニ本か何かか？」

私はニヤリと笑って、「そんなにあわてなくたっていいじゃないか」

「と、とんでもない！」

原田はむきになって、「私はそんな物は決して見ません！」

「じゃ、何だ？　見せてみろよ」

「いいえ、これだけは宇野さんには見せられません」

「俺には、ってのはどういう意味だ？」

「宇野さん、私を信じて、ここは黙って見逃して下さい。宇野さんのためを思って、見ない方がいいと言ってるんです」

本当に見せたくないのなら、これは最悪の説得である。そう言われりゃ、誰だって見たくなるではないか。もっとも原田は、わざと逆説を使って相手の好奇心をかき立てるなんて、器用な真似のできる男ではない。

きっと本心から「見せたくない」と思っているのだろう。

「いいから見せてみろよ」

「宇野さん、それならいっそ私を殺してから――」

「馬鹿！　新派じゃないぞ」

私は原田が隠していた物を、手を伸ばして素早く取り上げた。「――何だ、普通の週刊誌じゃないか」

いわゆる芸能週刊誌というやつで、私などから見ると、スターがくっついたり離れたりするのを、どうしてそんなに面白がるのか、全く理解できない。

「これがどうして俺と関係あるんだ？」

と言いながら、開いてあったページを眺める。記事不足を埋めるためか、ドーンと、見開きページを斜めにぶち抜いて、大々的な見出しがついていた。

〈芸能界の青ひげに四人目の妻？〉〈夫人三人を続いて事故で亡くした大谷進二（36）に女子大生の恋人！〉〈お熱いデート現場をキャッチ!!〉〈「私の大事な人です」と……〉

アホらしい。大体、大谷進二なんて聞いたこともないのだ。役者か歌手か、はたまた近頃よくある、〈タレント〉という意味不明の人種の一人か。これが俺と一体どういう関係が……。

ふと、そのスクープ写真なるものへ目を向けた。趣味の悪い上衣を着て、髪をだらしなくくしゃくしゃにした、骨ばった男が、若い女性と腕を組んで……。

私は、しばらく呆然と、その写真の女性に見入っていた。――永井夕子だった。

「宇野さん、大丈夫ですか？」

原田がそっと私の肩へ手をかけて、気味の悪い声を出した。慰めているつもりらしいが、怪獣がこれから食べる獲物へ、おとなしく食われろよと説教しているみたいだ。

「あ、当り前だ」

「胸中はお察しします」

どうも原田は肝心のときは察しが悪くなるくせに妙なところで察してくれる。

「これが夕子だってのか？　他人の空似だよ。こんなボヤけた写真じゃ——」

「でも名前が入ってます」

「ん？」

記事を見ると、なるほど〈問題の女性は、T大学四年生、永井夕子さん(22)で……〉とある。

「まあ、夕子だって、たまには変った相手と付き合いたくなるだろうさ」

「でも、結婚したいって話してるそうですよ」

「こんな記事、あてになるか」

私は席へ戻って、机に足を投げ出した。平静を装っていたが、やはり心中は穏やかでない。何しろ夕子は二十二歳。私は冴えない四十男と来ている。

そうなりゃなったで、潔く身を引くだけさ、と、私は自分へ言い聞かせた。しかし、夕子がよりによって、そんな軽薄の標本みたいなプレイボーイに惚れたりするだろうか？

電話が鳴った。——仕事、仕事。

「はい、宇野です」

「あら、珍しく真面目に働いてるのね」

「君か……。あの……今、仕事の電話を待ってるんだよ」

夕子である。何ともタイミング良くかかって来たものだ。

「あら冷たいのね。――あ、さては、読んだのね、そうでしょう?」

「な、何のことだい?」

「隠したってお見通しよ。週刊誌を見て、シットに狂ってんのね」

「馬鹿言え、そんな――」

「そのことでね、話があるの。今夜、九時にNホテルのバーで待ってるわ」

「今夜は仕事が――おい、もしもし?」

電話はもう切れていた。相変らずの夕子である。しかし、何の話だ? 別れ話なら、バーとはやけ酒にちょうどいい。


「殺人鬼だって?」

私は思わず声を上げた。

「シッ!」

夕子がたしなめて周囲を見回す。ホテルのバーは、空いていて、近くに客の姿はなかった。

「いやねえ、捜査一課の警部さんともあろう人が、そんな大声出して」

と夕子は私をにらんだ。

「ごめん、ごめん。しかし突然そんなことを言い出されたら、びっくりするよ」

夕子は、ぐっとシックな濃いブルーのワンピース姿で、カクテルのグラスを傾けた。

「すると――」

私は声を低くして言った。「大谷進二って奴が、誰かを殺したっていうのかい？」

「あの記事を読んだんでしょ？　だったらピンと来なきゃ、警部なら」

私はちょっと詰まったが、

「君の写真に見とれてたもんだから、記事の方はあんまり頭へ入らなかったんだ」

と言った。

「それなら分るわ」

夕子はニッコリと笑った。大分扱いのコツを覚えてきた。

「大谷進二はね、ちょっと前の二枚目役者なの。でも、大してパッとせず、今はTVのメロドラマで憎まれ役なんかをやってるのよ」

夕子は、カクテルをもう一杯注文してから、説明を続けた。「ところが、彼のニックネームが〈青ひげ〉。知ってるでしょ、次々に奥さんを殺した――」

「青ひげぐらい僕だって知ってる！」

と私は腕を組んだ。

「威張らないの。――大谷と結婚した女性はね、三人とも交通事故で死んでるのよ」

「ふーん。財産家の娘か何かなのかい？」

「いいえ。そんな家が役者との結婚を許すはずはないじゃないの」

「それじゃ、殺して何の得が――」

と言いかけて、「そうか。保険金だな」

と肯く。

「そう。三人とも生命保険に入っていて、受取人は大谷だったのよ」

「しかし妙だな。いつのことだいそれは？　そんな怪しい話があれば耳に入るはずだがね、それに、保険会社だって、そうたやすく金を払いやしないはずだよ」

「怪しまれるほど多額の保険金じゃなかったのよ。そこが頭のいいところね。それに、もちろん調査はあったはずだけど、事故という結論になったのね」

「――それを君は気に入らない、ってわけだね？」

「そう。――見て、これを」

夕子はバッグから手帳を出して、私の方へ開いてよこした。三人の女性の名前が書いてある。

〈安藤（旧姓）紀子、25歳、結婚後三年。本田由美江、24歳、結婚後一年半。森奈美子、23歳、結婚後九カ月〉

「お気付きの点をどうぞ」

と夕子が言った。

「被害者の年齢が一つずつ若くなってるな。それから結婚して死ぬまでの期間が短くなって来ている」

「そう。――それはどういうことか、四百字以内で答えよ」

「よせよ、テストじゃあるまいし」

と私は顔をしかめた。

「あら失礼、いつも零点だったのを思い出させちゃったかしら」

「おい！　――まあ、ともかく、言えることは、最初の一件は本当の事故かもしれん、ってことだな。殺す気で結婚したのなら三年は長すぎる。結婚してしばらくして殺したくなったか、それとも事故か。後の二つは怪しいな。最初の保険金で味をしめて、それ目当てに結婚したとも考えられる」

「そこで、問題は次なる被害者よ」

夕子はそう言って、頬杖をついた。「二十五歳、二十四歳、二十三歳、と来てるんだから、お次は……」

「二十二か。それだけの理由で、君はこの男に近付いたのか？」

「違うわよ」

夕子は真顔になって、「三番目の犠牲者になった奈美子さんは私の大学の先輩なの」

と言った。

「敵討ちかい？　相変らず物騒なことをしてるんだなあ」

「あら、だって、警察が何かしてくれるの？」

そう言われると弱い。しかし、だからといって、夕子がそんな奴の罠《わな》へとみすみすはまりに行くのを見捨ててはおけない。

「しかしねえ……。奴に近付いて、どうしよう、ってんだ？　殺されるのを待つのかい？」

「それじゃ結婚しなきゃならないじゃないの。いくら何でも、そこまでやらないわよ」

「そ、そうか」

私はあわてて、「やめろ！　絶対に許さんぞ！」

と指をつきつけた。

「ご心配なく。今のところキスしか許してないわよ」

「何だって？　君はそんなことまで――」

「だって、それぐらいは仕方ないでしょ。捜査のためよ。やきもちやかないの。大人げないわよ」

「悪かったね。どうせ中年のひがみだ」

夕子はちょっと吹き出した。

「可愛いわね。そういうところが好きなのよ。――だから、今日はホテルへ来たんじゃないの」

私がキョトンとして夕子を見ると、

「部屋をとってあるの。久しぶりだから、泊って行きましょうよ」

と言って、軽くウインクした。若々しさと色気がちょうど最高のバランスを保っているようで
……。コロリと参った。

「それじゃ、早速――」

「慌てないで。ゆっくり飲ませてよ」

と言って、夕子はふとバーの入口へ目を向けた。「ね、ちょっと席を移って」

「え？」

「早く！　グラスを持って他のテーブルに！」

どうやら、見られてはまずい相手が入って来たとみえる。私はグラスを手に、目立たないように素早く二つ離れたテーブルへ移った。

そして何気ない仕草で、入口の方を見た。若い女性が、バーの中を見回している。夕子に目を止めると、ツカツカと夕子のテーブルへやって来た。

長身で、スポーティな細身の女性である。ぴったり足へ貼りつくようなスラックス姿だ。美人ではあるが、見るからに勝気そうな顔立ちである。たぶん夕子と同じくらいの年齢だろう。

「ちょっと、あんた！」

とその女性は夕子へ挑みかかるように言った。「永井夕子っていうの、あんたね？」

「ええ、そちらは？」

どうやら夕子も初対面のようである。

「私はね、長山浩子」

「何か私にご用かしら？」

「あの人から手を引いて」

「あの人、って？」

「とぼけないでよ！」

急に大声を出して、長山浩子と名乗った女は夕子のいるテーブルをバンと手で叩いた。数人いた客が、びっくりして振り向く。――もちろん、こんなことでびくつく夕子ではない。

「大谷さんのこと？　あなた、あの人とどういう関係？」

と夕子が訊くと、長山浩子はぐっと胸をそらして、言った。

「私はね、大谷進二さんの婚約者よ。何か言うことある？」

2

波が岩をかんで、しぶきが、崖の上まで強い風に乗って吹き上げられて来る。

大型クレーンが、崖の上から、その長い手を、灰色の海の上へと差しのべていた。下の岩の所へ下りていた連中が手を振る。

私はクレーンの方へ肯いて見せた。モーターが唸《うな》り、クレーンの腕が細かく震えた。

ワイヤーがピンと張って、モーターに逆らった。モーターが、キリキリと音を立てながら、ワイヤーの抵抗にも拘らず、巻き取り始めた。

下の海面を見ていると、やがて、ワイヤーが、半ば潰《つぶ》れた車体を海の中から、引き上げる。海水が滝のように流れ落ちて、岩の上にいた刑事たちがあわてて散った。

クレーンの腕がゆっくりと上がり、かつ、ワイヤーも巻き取られて、車体はクルクルと回転しながら、宙に吊り下げられた。車が崖より上へ来ると、クレーンの操縦席が回転し始め、車体が崖の上へ近付いて来る。

それを少し離れて眺めていると、車の音がした。振り向くと、夕子がタクシーから降りて来る。

「よく分ったな、ここが」

と私は言った。「原田の奴だな？」

夕子はそれには答えず、車が——いや、かつて車だった鉄屑が、崖の上の道の端に静かに降ろされるのを見ていた。

「長山浩子さんは？」

と、夕子が訊いた。

「分らん。これに乗っていたらしいんだが……。調べてみないとね」

私は、車が下ろされると、急いで近付いて行った。車体は、崖から真直ぐに落ちて、下の岩へ激突、海へと転落したらしく、前半分はぺちゃんこだった。

「ひどいもんね」

と夕子は言った。「中に死体がある？」

私は覗《のぞ》き込んで、首を振った。

「いや、ないようだ。ドアが開いてるからな、流されたんだろう。早速手配しよう」

「とうとう四人目か……」

夕子が車を見ながら言った。

「下手をすりゃ、今頃君がこうなっていたかもしれないぜ」

「そうね、確かに」

と夕子は肯いた。「でも、これで少しは警察も動く気になってくれるでしょ？」

「そうだな。しかし……この長山浩子に関しては、ちょっと話が違うじゃないか」

「そうね。まだ彼女、大谷と結婚していなかったんですものね」

「それとも、もう保険へ入っていたのかな。調べさせよう」

あのホテルで、長山浩子を見かけてから、まだ一週間しかたっていないのである。

「例の大谷進二の家はこの道の先なのよ」

と夕子が言った。

「すると、彼女はそこへ行く途中だったのかな」

「そうでしょうね」

夕子は肯いて、「そして、このカーブでハンドルを切りそこねた――ってことになってるのよ。過去の三人の場合はね」

「三人とも？――三人とも、ここで事故を起こして死んだのか？」

「そうよ。知らなかったの？」

夕子が軽蔑《けいべつ》の目で私を見た。

「ふむ……」

私は気にしないふりをして、道路の曲り角に立ってみた。崖沿いの道で、確かに急なカーブではある。

「しかし妙だな。そう何度も事故を起こすほどのカーブとも思えない」

「そうね。――何かあるのかもしれないわ」

夕子は考え込みながら呟《つぶや》いた。

「全く、僕はツイてない男なんです」

と、大谷進二は言った。「浩子とはやっと結婚の約束をしたところだったんです」

――大して売れていない役者にしては、海辺に優雅な家を持ち、ガレージには外国製のスポーツカーがあり、この居間も、どうしてなかなか大したものである。

「浩子とはこの一カ月ぐらいの付き合いです」

と大谷は言った。「世間の常識からみると早過ぎるとお思いでしょうが、芸能界ではこの程度珍しくもありませんがね」

「彼女はここへ来る途中だったんですか？」

「そうです」

大谷は肯いた。「昨夜はここへ泊るはずでした……」

「なるほど。到着しないので変だとは思いませんでしたか」

「思いましたが……まあ女性にとっては重大なことですからね。考えてやめたのかと思っていました」

大谷は正に一昔前の二枚目という感じで、今のＴＶや映画では居場所がないというのもよく分った。

ドアが開いて、二十七、八らしい女性が、紅茶の盆を手にして入って来た。

「妹です。――こちら、宇野警部さん」

「大谷晃子です」

兄に似れば、多少美人だったろうが、どうにも目立たない、地味な女性である。

ほとんど無表情のまま、紅茶を出してくれると、さっと引込もうとする。

そこへ玄関のチャイムが鳴って、大谷晃子が、急いで出て行った。やって来たのは、素知らぬ顔の夕子である。

「やあ、夕子さん」

と、大谷は嬉しそうに立ち上って迎えた。

「大変だったわねえ。気を落とさないでね」

「ありがとう」

大谷は、ちょっと諦《あきら》めの微笑を浮かべて、「ともかく、もう女性はこりごりだよ」

と言った。

「ところで大谷さん」

と私は話を戻して、「あなたはこれまでに三度、奥さんを亡くされていますね」

「ええ、そうなんです。お考えは分りますよ。僕だって気味が悪いんです。しかも、みんなあの場所でカーブを切りそこねて転落死しているんですからね」

「何かお考えはありますか？」

「さあ……。あの道は空いていて、ついスピードを出したくなるのは事実ですがね。でもいつもあそこで事故を起こすというのは……」

と、大谷は首をかしげる。

「特に思い当ることはないんですね？」

「ありませんね」

「長山浩子さんは、ここへ来る途中、ガソリンスタンドへ寄っています。その時間と距離からみて、事故は昨夜の九時前後だったと思われます。――その頃、あなたはどこにいました？」

「撮影を終って帰って来たのが、八時頃でしたね。九時頃は……眠っていましたよ」

「眠って？」

「ええ、えらく疲れたもんですから、食事をしたら眠くなって。十二時頃にまた起き出したんです。浩子が来るのを待っていたんですが、いつまでも来ないので、結局四時頃にまた寝ました」

「間違いありませんか？」

と、私は大谷晃子へ訊いた。晃子は、私の声に、ハッと我に帰った様子で、

「あの――すみません、何でしょうか？」

と訊き返して来た。私は、晃子が、大谷と夕子の方を、不思議な目つきで見ていたことを、心にとめておいた。

夕子は、すっかりしょげ返っている大谷にぴったりと寄り添って、あれこれと慰めている。それを見る晃子の目には、まるで恋人を奪われようとでもするような、暗い嫉妬の火が燃えているように、私には見えた。

「では、私はこれで失礼します」

と、私は玄関の方へ歩きかけた。そこへ、誰やら玄関のドアをドンドン叩く音がする。いやな予感がした。晃子が急いで出て行って開けると、案の定、原田刑事の巨体が、玄関を塞《ふさ》いでいる。

「やあ宇野さん、よかった！　入れ違いになるかと思いましたよ」

とずかずか上がり込んで来る。「お知らせしたいことがあって――」

「分ったよ、いや外で――」

と言いかけたときはすでに遅く、原田は、夕子が大谷に寄り添っているのを見付けてしまった。

「夕子さん、いらしてたんですか！　いけませんな、宇野さんを放ったらかして。夕子さんに振られたら、宇野さん、たちまち停年退職ですからね」

と、堂々と声をかける。

私は天井へ目を向けてため息をついた。

「この馬鹿！　間抜け！　オタンコナス！」

パトカーの中で私は思いつく限りの文句を並べた。

「すみません……」

原田はしょげて小さくなっている。いや、大きいままだが、小さくなろうと努力している、と言うべきか。

「仕方ないわよ」

夕子が笑って、「前もって言っとかなかったのも悪いわ」

と取りなすように言った。

「しかし、麻薬組織にでも潜入している刑事に、のんびり声でもかけたらどうなると思ってるんだ？　命に関わるんだぞ！」

「申し訳ありません」

「まあいい。やっちまったことは……。ところで、何だ、俺に言うことってのは」

原田は、しばしキョトンとしていたが、

「ああ、そうでしたね」

と肯いて、「何だったかなあ……」

と考え込んだ。――勝手にしろ、と私は腹を立てて腕組みをした。

「ちょっと私が囮《おとり》になって調べるってわけにはいかなくなっちゃったわね」

と夕子が言った。「それとも、このままやってみるか……」

「向こうが敬遠するよ。刑事のヒモつきじゃね」

「あら、あなた私のヒモだってことを、やっと認めたのね？」

「君にジュース一杯おごってもらったことはないぜ」

私は苦笑して、「ともかく……長山浩子の死体が見付からないことにはね。それに事故でなかったという証拠が出ればなあ」

「四人も同じように死んでるのよ。何よりの証拠じゃないの」

「消極的な証拠でしかないよ。いま車を調べさせている。何かハンドルにでも細工がしてあれば

「……」

「そんな見えすいたことやるかしら？」

「じゃ、どうやったって言うんだい？」

「あのカーブは、そう急じゃないわね。ただ見通しは悪いわ。曲って、急に何かが目の前に飛び出して来れば――」

「カーブミラーがちゃんとついてるんだぜ。何かあれば見えるはずだ」

「そうなのよね」

夕子は考え込んだ。「でも、急ハンドルを切った跡があるでしょう。やっぱり何かあったのよ」

「思い出した！」

突然、原田が馬鹿でかい声を出して、私は飛び上がりそうになった。

「びっくりさせるなよ、おい」

「思い出したんです、用事を」

「自慢にゃならんぞ。何だ？」

「あの長山浩子って女ですが、前に大谷って男と結婚していた本田由美江の妹なんですよ」

「まあ、本当？」

夕子が思わず訊き返した。「じゃ、彼女もやっぱり調べてたんだわ」

「それを、大谷が知って、殺したんだ。だから彼女だけは結婚しないうちに殺された」

「そうかしら」

夕子は、ふと声の調子を変えて、「それなら、却《かえ》って手を出さないんじゃないかしら。妹だってことは当然分るはずだし、それを殺せば、疑われるに決まってるもの」

「分っていても、犯罪者ってのは、前の罪を隠すために罪を重ねるものさ」

「でも殺す必要があったのかしら？　別れれば済むことでしょう」

「それはそうだな」

「それとも、彼女が何かをつかんでいたのか……」

原田が、

「宇野さん、ちょっと――」

と言い出した。

「何だ。考えがあるのなら言ってみろ」

「はあ。――腹が減ったんですが、何か食べて行きませんか？」

3

あんな男のことだ。つつけばすぐにボロを出すだろうという見込みは大外《はず》れで、二週間が空しく過ぎていった。

こちらとしても、殺人であるという証拠が出て来ないので、捜査は難しくなりつつあった。

――夕子は夕子で、例によって勝手にやっているらしかったが、こっちは気が気ではない。全く、無鉄砲なんだから。それでも、生れつき、幸運が味方しているとでもいうのか、不思議にどんなピンチも切り抜けて来た。しかし、それがいつまで続くかは分ったものではない。

別に保証書の有効期限があるわけじゃないのだから。

「ぜひ、二人でお話したいのですが……」

と、大谷晃子から電話がかかって来たのはそんなときだった。ただ、私としては、警視庁へ来てもらうか、それとも近くの喫茶店ででも会いたかったのだが、どうも向こうが絶対にここにしてくれ、というわけで……。

いや、別に言いわけする気ではないけれど、私とて妙な誤解を夕子に与えたくはないのである。ともかく、仕方なく私はかなり名の知れたラブホテルへと出向いて行った。——昼間だというのに、よほどひまな人間が多いと見えて、駐車場は八割方埋っている。

タクシーを降り、入口の方へと歩きながら、何の気なしに、並んだ車を見ていくと、見たことのあるスポーツカーが停っていた。

車のナンバーにも見憶えがある。——大谷の所にあったスポーツカーだ。晃子が乗って来たのだろう。

フロントに訊いて、晃子の待っている部屋へ行く。六階だった。ドアをノックすると、少し間を置いてドアが開く。

「すみません、こんな所にお呼び出しして」

大谷晃子は、地味なスーツ姿だった。何となく私はホッとした。

まあ、大谷晃子はあまり女っぽさを感じさせないが、それでも女には違いない。ということは、怖い存在であるということだ！

「こんな所で妙に思われるかもしれませんが――」

と、晃子はどうにも趣味の悪い部屋の中を見回している私へソファをすすめて、「こういうホテルが、盗み聞きされないためには一番ですから」

「なるほど」

それは確かにそうかもしれない。「で、お話というのは？」

「この間いらしていた永井さんという方は、警部さんのお知り合いの方でいらっしゃるんですの？」

「ええ、まあ……」

私は曖昧にごまかすことにして、「ちょっと親戚から面倒を見てやってくれと頼まれておりまして」

「そうですか。――実は、このところ、兄とあのお嬢さんが、しじゅう会っているようでして」

「夕子がですか？」

私はびっくりした。大谷がなぜ、警察と関わりのあると分っている夕子と付き合うのだろう？

「お願いします。あの方を兄へ近付けないようにして下さい」

と、晃子は言い出した。

「しかし、子供じゃありませんしねえ……」

私とて夕子を大谷へ近付けたくないのはやまやまである。しかし、そんなことを言って、聞く夕子ではない。

「でも不思議だと思いませんか」

と私は言った。「四人の女性がみんなあの曲り角で転落死している。――あなたは何かご存知ではないんですか？」

晃子はしばらく黙ってうつむいていたが、やがて顔を上げた。何か、思い切ったような顔だった。

「申し上げますわ」

と、晃子は言った。「あの四人は、兄が殺したのです」

私は一瞬我が耳を疑った。だが、

「兄が手を下したわけではありません」

と、晃子が続けたので、何だ、とがっかりした。そう巧く行くはずはないのだ……。

「でも兄が死へ追い込んだも同様です」

「追い込んだ、とおっしゃると……」

「あれは自殺なのです」

「自殺？――なぜ自殺するんです？」

「兄は、あの人たちを少しも愛していなかったんです。それでも、彼女たちの方は、兄に夢中になりました。そしてある日突然――捨てられるのです！」

「じゃ、お兄さんはどうして愛してもいない女性と結婚したんです？」

「私の心をひくためでした」

私はさっぱり分らなくなった。

「どういうことです？」

「つまり、兄が愛しているのは――これまでも、今も、私一人なのです」

「しかし、あなたは――」

「私と兄は血のつながりはありません」

と、晃子が言った。「母は後妻で、私はその連れ子でした。子供の頃から、兄は私を可愛がっていました。そうして成長すると、女として私を愛するようになりました。でも、私は、そんなことは許されない、ときっぱり言ったのです。兄も、納得してくれたようでした。でもだめなのです。――結局、結婚しても、その相手を愛することはできないのです……」

「しかし……いくら何でも四人が四人とも同じ場所で自殺しますかね？」

晃子は寂しげに言った。

「あれは一つの伝説になりました。二人目の妻が同じ場所で死ぬと、週刊誌は早速、あれが呪いだとか運命だとか書き立てたのです。三人目の妻も、この間の女《ひと》も、そのことはよく分っていたはずです……」

「一種の暗示になった、というわけですか」

「それしか考えられませんわ」

「しかし、この間の四人目――長山浩子さんは、明らかに何かをよけようとしてハンドルを切っているんです。自殺にしてはちょっと妙じゃありませんか」

晃子は肩をすくめて、

「私には分りません。でも……きっと自殺だと信じていますわ」

と言った。

私はしばらく待ったが、それ以上、晃子が何も言おうとしないので、立ち上って、

「どうも、話していただいて」

「あの永井夕子さんという方も、自殺するはめにならないように、どうかよく見ていてあげて下さい」

と、晃子が言った。

「そうしましょう」

私は肯いた。あの夕子が自殺？　――夕子を知っている人間なら、誰も信じないだろう！

「タクシーを呼んで帰ります」

と晃子は言った。

「タクシー？　車でいらしたんじゃないんですか？」

「いいえ。あのスポーツカーは兄しか使いませんの」

「しかし……今、ここの駐車場にありましたよ」

「まあ！　じゃ兄も来ているんですわ。気が付きませんでした。ここはよく芸能人が使うホテル

なんですの」

私は言葉が出て来なかった。――すると、夕子があの大谷とここに？

大谷晃子がタクシーで行ってしまうと、私はホテルの前で張り込んだ。

張り込むといっても、恋人が他の男とホテルから出て来るのを待っているというのは、あまりみっともいいものとは言えない。

夕子が……まさか、あんな男に本気で惚れるはずはない！

そう思ってはみても、そこは中年のひけ目の悲しさで、ついつい疑惑が頭をもたげて来る。

夕子のことだ、証拠をつかむために、大谷へ近付いているのだろうが、それにしても、ラブホテルへ泊るというのは行きすぎじゃないか、という気がした。

大谷は一向に出て来なかった。夜になる。腹は減るし、色々と連絡しなくてはならない用もあったのだが、ここから動けば、その間に出て来そうな気がして、どうしても電話一本、かけに行くことができなかった。

夜、九時をすぎた。――畜生！　明日まで泊って行くつもりなのだろうか。

私は大欠伸をした。

注意力が散漫になっていたのは、たぶん、空腹と疲労の相乗効果のせいだったろう。

誰かが背後に迫っている、と気付いたときは手遅れで、後頭部に何かがぶち当って、私は、そのまま気を失ってしまった。

「しっかりしてよ！」

耳元でがなり立てているのは、誰の声だろう？　どこかで聞いたような声だが……。

「目を開いたわね。もう大丈夫だわ」

目を開くと、原田のでかい顔が、食いつきそうな間近に迫っている。

原田の奴、いつから女の声でしゃべるようになったんだ？

「イテテ……」

私は起き上って顔をしかめた。原田の後ろから、夕子がヒョイと顔を出す。

「君か！　どうしてここに……」

見回せば、あのホテルの前である。「やっぱり大谷と一緒だったのか？」

「何を言ってるのよ。私はね、捜査一課でずっと待ってたのよ。ねえ、原田さん」

「ええ、そうです。あんまり帰りが遅いので心配になりましてね」

「机のメモのボールペンの跡を調べてここへ来たら、のびてたってわけよ。どうしたの、一体？」

「おい、原田。スポーツカーがあるかどうか見るんだ！」

「何のスポーツカーです？」

「俺が見るからいい！」

大谷の車は、もうホテルの駐車場から消えていた。

夕子は私の話を聞いて、吹き出した。「いくら探偵熱心でも、犯人とホテルへ泊るほど翔《と》んでないのよね、私」

「それならいいが……。君は何をやるか分らんからな」

痛む頭をさすりながら、私は息をついた。原田とは別れて、二人で景気づけに――大した景気じゃないが――スナックで飲んでいた。

「私をそんなに信じられないの」

夕子がツンという感じでそっぽを向く。

「そうじゃないけど……。分ってくれよ」

「分ってますよ、おじいさんや」

と言って夕子は笑った。

「――でも、分らないわねえ。どうしてあんな場所で四人も死んだのか」

「まさか、晃子の話を信じやしないだろう？」

「そうねえ。暗示ってのは、ちょっと安直な感じね。でも、そうでも考えないと、説明がつかないってこともあるけど」

「カーブを曲った所へ、いきなり飛び出すってのは？」

「自分が死ぬかもしれないわ」

と夕子は言った。「そんな危ないことやりゃしないわよ」

「――馬鹿らしい」

「人間でなくてもいい。犬とか兎とか」

「そんなもんじゃ、ブレーキはかけてもハンドルは切らないんじゃない？　記録を調べてみましょうよ」

「よし、じゃ明日早速――」

「今夜よ！」

と夕子は言った。

「今夜？　そりゃ無理だ。資料室は閉ってるよ」

「じゃ、開けてよ」

「開けゴマ、じゃ開かないんだぜ」

「今夜、もし誰かが殺されたとしたら？　あなた一生悔むことになるわよ」

どうして俺が夕子に脅迫されなきゃならないのか？　その答えは、いつも出ないままに、私は言うなりになっているのである。

「やっぱりね」

夕子は、書き抜きを並べてご満悦である。

「ごらんなさいよ。前の三件も、全部、ハンドルをあわてて切っているわ」

「どういうことかな」

「それと、もう一つ、共通点があるわ。気が付いた？」

「いや、何だい？」

「どれもが、大谷の撮影中の時期に起きてるのよ」

「いつだって撮影中じゃないのか、役者なんて」

「分ってないのねえ。そんなの売れっ子だけよ、ほんの一握りの」

と夕子はいかにも芸能界に通じているが如くに言った。「大谷みたいな役者は、そうそういつも撮影があるわけじゃないわ。むしろそうでないときの方が多いでしょ。だって、撮影っていっても、あれこれ準備の方がよほど時間がかかるんですものね」

「すると、いつも事件が撮影中に起ってるってことは、偶然じゃないって君は言いたいのかい？」

「私が言いたがってるわけじゃないわ。真実がそう語ってるのよ」

どうも夕子はときどきえらく大げさになるときがあるのだ……。

4

「用意……スタート！」

監督の声が飛び、カチンコが鳴って、カメラが回り始めた。

私と夕子は、撮影所の一角に来ていた。所狭しと、板きれやらガラクタが放り出されていて、何とも薄汚れた所である。

作り物の川にかかった橋の上で、若い二人が何やらラブシーンの最中らしい。

「よくみんなの見てる前で、あんなことができるなあ」

と私はそっと言った。

「あら、いつだったか、私の大学のど真中で私にキスしなかったっけ？」

「あれは君が無理矢理に――」

「しっ！」

どうやら二人して川へ飛び込もうという場面らしく、手に手を取って橋に身を乗り出す。そこで、「カット！」

と、監督の声。たぶん落ちる所は撮らないで、水の音か何かで済ませようというのだろう。

「もうちょっと考えてから飛び込んでよ。ね、死のうってんだからさ。そうそう簡単にゃ行かないだろ」

と監督が二人の役者へ注文をつけて、「オーケー、ちょっと休憩」

と言って、私たちの方へやって来た。

「警察の人ですか？　何の用です？」

四十がらみのぶっきら棒な男である。夕子を見て、目をパチクリさせて、

「この人も刑事？」

と訊いた。

「私、女子大生ですわ。卒論のために、警察の犯罪捜査について回ってるんです」

「そう、いや……いいねえ。ちょっとカメラテスト受けてみない？　君、いけるよ！」

私は咳払いをした。

「大場紀明《のりあき》監督ですね」

「紀明《きめい》と読んでよ。音読した方がカッコいいでしょ。何の用です？」

「あなたは、大谷進二さんの映画を何本か撮ってますね」

監督はちょっと胸をそらして、

「大谷が僕の映画に出てるんです。それが何か？」

なかなか難しいものだ。

「この間、長山浩子という女性が車ごと海へ落ちたのは、あなたの作品に彼が出ていたときでしたね」

「そうだよ。ちょうど出番の日だったな」

「それから三番目の奥さんが亡くなったときも、あなたの作品に出演していた」

「ああ、そうだった」

「よく憶えておいでですね」

と私は言った。

「そりゃね、騒がれたからな、あのときは。〈青ひげ〉だなんてね。——あんな頼りない青ひげじゃ、女に殺されちまうよ」

「他に何かありませんか」

「他に？　何か？」

「つまり、どちらのときも、何か撮影中に妙な事件があった、とか……」

「妙な事件ねえ……」

と、監督は考え込んでいたが、「そうか！　そういえば、何だかいつもそんなことがあったな、と思ったんだ！　あのときだった。そうだよ。確かにあった。今度も、前のときもね。言われるまで気が付かなかった」

「もしかして」

と夕子は言った。「撮影の道具を盗まれたんじゃありませんか？」

監督は目を丸くして、

「その通り！　どうして分ったの、君？」

私が代って、

「この娘はシャーロック・ホームズの生れ変りでしてね」

と言った。「それはどんな物を盗まれたんです？」

「大したもんじゃないよ。いや、カメラとか金目の物ならともかくね、ドアの取手だの、電気のコード、それにレフ板ね」

「レフ……？」

「ロケのとき使うんです。光を反射させてね、光の足らないのを補う、大きな板です」

「ははあ。他には？」

「三脚とか、ちょっと金目の物で露出計とかね。そんなもんだったんじゃないかなあ」

「そうですか。——いや、ありがとうございました」

監督は、

「おーい！　本番行くよ！」

と怒鳴った。たちまち人が集まって、あの二人の恋人が再び橋の上に立つ。

「はい、ヨーイ！　スタート！」

カチンコが鳴り、セリフのやりとりが進む。私と夕子はそれを眺めていたが、いざクライマックスとなって、二人が橋の手すりから身を乗り出す。そこへ、

「宇野さん！」

と、原田の大声が轟き渡った。二人の役者が、至ってアンバランスな姿勢のまま、ギョッとしたので、その体勢が崩れて、アッという間もなく川の中へ水しぶきを上げて転落した。

「おい！　撮《と》ったか？」

と、監督が叫ぶ。「いいぞ！　今のは使える！　これこそ芝居だ！」

私は夕子の腕を取って、あわてて歩き出した。原田がドタドタとやって来る。

「ああ、やっと見付けた」

「どうしたってんだ？」

「大谷晃子から、至急お電話いただきたいって。——かなりあわててたようです」

「何の用だ？」

「急な用だそうです」

私は諦めて、

「よし、行こう」

と促した。原田は水から引き上げられている二人の役者を振り返って、

「大変ですねえ、役者っていうのは」

と言った。


「変だな」

私は受話器を置いた。「ずっとお話し中になっている」

「受話器が外れてるんじゃない？」

と夕子が言った。

「何かあったのかもしれん」

「行ってみましょう」

私たちは車を飛ばした。もうすっかり暗くなっている。道路は空いているので、スピードを上げた。

海岸沿いの道へ入ると、急に夕子が、

「ね、運転、代って」

と言い出した。

「僕の腕が信じられないのか？」

「いいから」

夕子にかかってはかなわない。私も仕方なく、一旦車を停めて、入れかわった。

夕子はぐんぐんスピードを上げた。

「おい、安全運転で頼むぞ！」

「あら、私と死ねば本望でしょ」

と夕子は澄ましている。

暗い道には、すれ違う車もない。

「もうすぐ、あのカーブだ。スピード落とせよ」

「平気よ」

「おい——」

「いいから。何が起っても、私に任せて」

「どういう意味だ？」

「私を信じてくれてりゃいいのよ」

夕子はじっと前方を見つめた。——海のざわめきが聞こえる。やがて前方に、あのカーブが見えた。

少しスピードが落ちたが、ほとんどそのままに近かった。カーブミラーの凸面鏡には、何も見えない。

夕子がカーブを切って、加速した。カーブを曲り終ったとたん、目の前に車のライトが光った。

「危い！」

もう間に合わない。ああ、これで俺の人生もおしまいか。もう一度焼鳥が食いたい！

夕子は真直ぐに突っ込んだ。——ガシャンと音がしたが、ほとんど何の抵抗もなかった。目の前のライトはかき消えていた。

夕子はスピードを落として停めると、

「いかが？」

と微笑んだ。

「今の車は——」

「戻りましょう」

夕子は車をバックさせた。——道のわきに、何やらひしゃげた大きな板が転がっていた。

「レフ板よ」

と夕子が言った。「これにつっかい棒をつけて、カーブを曲った正面に置いておくのよ」

「じゃ、あのライトは、自分の車のか！」

「そう。だから当然凸面鏡にも映らないし、急に目の前へ出て来て、仰天する。車が相手じゃ突っ込むわけにもいかないから、あわててハンドルを切る……」

「崖から転落ってわけか」

私は冷汗を拭った。「しかし、一体誰がこんなことを……」

「私たちを電話で呼んだのは誰だったかしら？　あなたが、あの監督の居場所を問い合せたのが耳に入って、遠からず真相を突き止められると思ったのね」

「すると……大谷晃子が……」

「そう。きっと、様子を見にここへ来るでしょ。待ってましょうよ」

夕子は車のライトを消して言った。

「しかし、なぜあんなことを――」

「たぶん、あなたに話したことの裏返しが真相じゃないかしら」

「ということは、つまり……」

「血のつながらない兄を、あの人は愛していたのね。だから、結婚した相手を次々にこの手で殺して行った。長山浩子さんのことは、きっと、本田由美江さんの妹と知って、殺したんだと思うわ」

「同じ手を使ってりゃ、そのうち、ばれちまうのに」

「だから、もう正常な状態じゃなかったんだと思うわ」

「でも、それじゃ、あのホテルの前で僕を殴ったのは？」

「晃子よ。あのスポーツカーでホテルへ来たけど、あなたに、私と大谷が親しくしていると吹き込んで信じさせるために、タクシーで一旦帰るふりをしたのよ。ところが、あなたが、いつまでたっても見張ってて、立ち去らないので、仕方なく殴って、気を失ってる間に、あの車で帰ったのね」

「畜生！　しかし、どうして僕にあんな話をしたんだろう？」

「本格的に捜査に乗り出されるのが怖かったのね。それと、私が大谷へ近付くのを、邪魔したかったんでしょう」

夕子は息をついて、「遅いわね。行ってみましょうか」

と、車をスタートさせた。

大谷の家の前には、あのスポーツカーが停めてあった。玄関のドアが開け放してある。

「大谷さん！」

夕子が呼びながら居間へ入って、息を呑んだ。――天井の梁から、晃子が首を吊って死んでいる。足下に、大谷進二も倒れていた。

私は駆け寄った。

「こっちも死んでる。――青酸カリか何かだな」

「自殺？」

「らしいね。外傷はない」

私は、大谷晃子の体を下へおろした。もうこちらも、どうしようもない。

「きっと、どこかで、計画が私たちには失敗したのを見てたのね。それに、もしかすると……」

と夕子が言った。

「何だい？」

「大谷の方も、本当に晃子を愛してたのかもしれないわね。お互いに、自分の方だけが愛していると思い込んで……」

私は急いで電話をかけた。受話器を戻したとき、夕子が、

「まあ」

と声を上げた。――見ると、部屋の入口に、長山浩子が立っていた。

「助かったのね。あなた！」

「ええ。――車から投げ出されたんです。溺《おぼ》れかけたとき、板きれにつかまって、そのまま気を失い、ずっと離れたところに流れついて、助けられたんです。でも、何日も意識不明で、やっと今日になって……。二人とも？」

「二人ともよ」

と夕子が肯く。

長山浩子は、二つの死体を見下ろしていたが、その顔は、ただ、哀しげだった。

夕子が、そっとその肩へ手をかけて、言った。

「生きていて良かったわね」


「もう危い真似はやめてくれよ」

私はレストランで夕子と向かい合って食事をしながら言った。

「あら、私の生きがいを奪う気？」

「生きがいはいいけど、死んじまっちゃ何にもならないぜ」

と私は言った。「しかし、あの大谷って男、どうして一つずつ若い女と一緒になったんだろ

う？」

「理由は簡単。男は年を取るほど若い女に憧れるのよ」

「へえ、そうかね」

「あなただって、そのうち、『僕は十七歳の女の子がいい』なんて言い出すんだから」

「よせやい」

そこへ、女の子の声がした。

「あの、すみません」

見れば十六、七の可愛い少女である。

「な、何か用？」

思わず私はどもった。

「教えていただきたいことがあるんです」

「というと？」

「友達とさっきからどっちだろうって話してたんですけど。――その頭の毛、カツラですか？」

遠い美しい声

小泉喜美子

「もう、音楽なんか聴きあきてしまったよ」

彼は、友人にこぼした。その顔には現代人にふさわしく、〝憂鬱〟と〝倦怠〟の翳《かげ》が浮かんでいた。彼は、すべてにあきあきしてしまったのだ。

「どうしたんだい？　きみほどの音楽好きがそんなことを言い出すとは」

友人は彼の居間を見まわした。

「たいしたものじゃないか、このステレオ装置だって音響効果だって、世界最高の水準だ。そして、この道におけるきみの造詣《ぞうけい》の深さと知識の豊かさときたら、右に出る者もない。とくに、古今東西の名曲レコードの蒐集という点では、きみは一大財産を築いた。うらやましい限りだよ」

「そいつが、もう、どうしたわけか、みんないやになってきちまったんだよ」

彼は大きなあくびをした。

「どれもこれも聴きあきた。ほんとうに心をゆり動かされるような名盤なんかありゃしない。何か、掘り出し物はないかね？　ぼくが聴いたこともないような珍品はないかね？」

「そんなぜいたくを言ったって、ありとあらゆる名盤をきみはすでに所有ずみだからなあ。カルーソーもメルバも、フルトヴェングラーもハイフェッツも、コルトレーンもビリイ・ホリデイも、林中《りんちゅう》も慈恭《じきょう》も先代延寿太夫も」

しばらく考えてから、友人は言った。

「それじゃ、一軒、行ってみるか」

「どこへ？」

「最近見つけた店なんだがね、ちょっと変わったものがおいてあるんだよ」

＊

彼らはその店へ行った。

レコード店というよりも、むしろ骨董屋という感じだった。古い仄暗《ほのぐら》い売り場に、雑多な品がところせましと並べられていた。ラッパ型の蓄音器、セピア色に変色した、演奏中の巨匠たちのポートレート、誰それの遺愛の楽譜、指揮棒、ｅｔｃ……。

だが、彼の興味をひいたのは、一隅にひっそりと積まれている一山の録音テープだった。

「先祖代々、録音マニアでございまして」

主人がていねいに応対した。

「いろいろ珍しいものがございます」

「たとえば？」

「マリリン・モンロウのあのときの肉声」

「そんなものは興味ないね」

彼は怒ったように言った。

「ははあ、お客様は高尚好みでいらっしゃるんですな。失礼を致しました。それでは、こんなのはいかがでしょう？ベートーヴェンが耳がきこえなくなる原因を作った彼自身の唄声」

「………」

「ショパンがジョルジュ・サンドとりかわした声の往復書簡などもございますよ。さもなくば、マリー・アントワネットが断頭台上の断末魔の叫び声」

彼はそんなものにはちっとも興味がわかないような顔をしながら、テープの山をひっくり返していたが、ふと、一番下のほうにひとつだけ別にとりのけられて、かたく封印のされている函を発見した。

「これは何の録音？」

すると、主人はあわてて手を振った。

「ああ、それだけはお売りできません！」

「どうして？いやに勿体をつけるじゃないか。これは誰の声？」

「それが――わからないんでございますよ」

「わからない？」

「ええ。輸入品であることはたしかなんでございますが。若いきれいな女の歌う声らしいんで」

「きみは聴いていないのか？」

「じつは、そのテープを聴いたかたはどなたもすぐにお亡くなりになってしまうんです」

　主人は口もとをふるわせた。

「ふしぎと、交通事故を起こしたりなさいまして。不吉なテープということで、そのたびにここへ返されてきましたものですから、もうどなたにもお売りしないことに――」

「こいつをくれたまえ！」

　彼は叫んだ。友人の手前も、ぜひともこれを手に入れなくてはならなかった。何しろ、彼は古今東西の名曲を聴きあきた人間なのだから。

「やめろよ。何もそんなケチのついた品を買わなくたって」

　友人の制止も彼はきかなかった。何ごとが起ころうともクレームはつけぬという条件で、彼は敢然とそのテープを買った。

　家に帰ると、彼はすぐさまそのテープをレコーダーにかけた。友人はこわがり、試聴のすむあいだ、部屋の外に出ていると言った。

（馬鹿なやつだ。だから、いつまでたっても本物の愛好家になれんのだ）

　古びた黒いテープが回転しはじめ、やがて、どこか遠い遠いところから、かすかな美しい女の歌声が流れてきた。

　なんの歌なのか、なんの曲なのか、それさえもさだかではなかった。聞こえてくる女の声自体がすばらしい音楽なのだった。それは彼の心をとろかし、ときめかし、かつてどんな名盤、名演奏にも感じたことのなかった甘い陶酔をよびさました。

「ああ、これだ、この声だ！」

感きわまって、彼は叫んだ。テープのほうに手をさしのべた。

「呼んでいる！ ぼくを呼んでいる！ カルーソーもメルバも、ダミアもビリイ・ホリデイも及ばない。ぼくの探し求めていた声！」

テープの歌声のバックにかすかな水の音のようなものがまじり、彼は突然、腰を上げた。

＊

「突然、窓からとび出して行ったと思うと、通りかかった車にはねられて即死したんです、このテープを聴いている最中に」

友人が涙ながらに警官に事情を説明した。

「なに？ 誰の歌を聴いていたって？」

警官は証拠物件としてのテープの函をひねくりまわした。その底の片隅に、いつ、誰が書いたともわからぬ古い文字で、こう記入されていた。

『女性ヴォーカル。ソプラノ・ソロ。曲名・不詳。歌手名・不詳。録音年月日・不詳。録音場所・ドイツ・ライン河畔・ローレライ附近』

みにくいアヒル

結城昌治

1

小学生の頃、井本松代は意地悪な少年たちに「ブタ松」と呼ばれた。首が短く、押し潰《つぶ》されたように鼻翼がひらき、眼は腫れぼったい瞼の蔭にかくれるように細かった。

「おい、ブタ松、トンカツにしちまうぞ」

少年たちにからかわれると、松代はめそめそと泣いて帰った。

「せめて男の子に生まれたならよかったけど……」

だれに似てこんな子が生まれたのか、両親は松代の将来を案じた。

松代には弟と妹が一人ずついた。それぞれ三歳ちがいだった。両親に似て色が白く、眼の大きな愛らしい顔立ちをしていた。

「なに、心配することはないさ。女の子の顔は年ごろになると見違えるように変る。結構きれいになるものだ」

当時同居していた叔父《おじ》は、そう言って慰めた。

松代自身も、アンデルセンの童話の「みにくいアヒルの子」のように、大きくなったら美しい白鳥になる日を真剣に夢みた。

　しかし、松代は成長しても美しくはならなかった。

　高校を卒業したのは十八歳だった。そのとき、背丈は普通だが体重は六十五キロあった。ニキビをつぶした痕《あと》が月の表面を写した拡大写真のような穴になり、ニキビはつぶしてもつぶしても殖えるばかりで、黒い顔が赤くむくんで見えた。

　松代は銀行とデパートの就職試験に落ち、霞ケ関のある官庁に勤めを得た。事務職員だが、課員十六名のうち女は松代を含めて四人だった。彼女がいちばん若かったが、しかしいちばん不美人だった。初めて出勤して課員に紹介されたとき、隅の方の席で低い笑い声がした。彼女は赤くなって俯《うつむ》いていた。

　仕事は単純なのですぐに覚えられた。職場の雰囲気に馴れ、課員たちとも次第に親しい口をきけるようになった。自分の容貌を意識しなければ、単調に過ぎてゆく毎日だった。

　三か月ほどして、松代は勤めの帰りに洋裁学校へ通いだした。胸が厚く、ズン胴で怒り肩の彼女に合う既製服がなかったからである。洋裁店へ行くたびに恥ずかしい思いをするので、自分の服だけでも縫えるようになりたかった。

　しかしその通学は半年とつづかなかった。熱心に勉強したが、ようやく溜めた小遣いで流行色の生地を買い、自分に合いそうなデザインを選んでも、いざ作る段になると、

「あんたには似合わないわ」

　そのつど教師に突返された。

そして教師が彼女に選んでくれるのは、紺無地で婦人警官が着るようなデザインに決まっているのだった。

松代は洋裁学校をやめ、頭からすっぽりかぶるセーターばかり着るようになった。

「少しはお化粧すればいいのに――」

母にそう言われることがあった。

しかし、松代の肌には白粉《おしろい》がのらなかった。脂性《あぶらしょう》でニキビが絶えぬくらいだから、白粉を塗ってもすぐ剝げてしまうし、粉白粉をはたけば干柿のような肌になった。彼女が顔に何かを塗るとすれば、ニキビをとるための薬用クリームだけだった。

松代は美容院へも行かなかった。一度だけ行ったことがあるが、もともとちぢれ毛の髪にパーマをかけたので黒人の頭のようになってしまい、長い間帽子なしでは外を歩けず、職場でも恥ずかしい思いを耐えねばならなかった。

「どうしてあたしみたいな子を生んだの」

松代は母を責めたことがあった。フランスの恋愛映画をみて帰った直後だった。

「どうしてっておまえ……」

母はおろおろするばかりだった。

松代は家をとびだし、涙が乾くまで一時間あまり寒い道を歩きまわった。

2

ある年のクリスマスに、労働組合の青年部と婦人部との共同主催でダンス・パーティーが開かれた。

松代は二十二歳になっていた。

会場は役所の地下の食堂があてられた。テーブルや椅子を片づけるとかなり広いホールになった。

松代は高校時代に友人の家のパーティーによばれたりしているうちに、見様見真似で一応はダンスを踊れるようになっていたので、参加したい気持と逃げだしたい気持が半々だった。

「行きましょうよ」

松代と机を並べている飯田美津子が誘った。松代より一つ年上だが、彼女くらい美しくなりたいといつも羨しく思っている女だった。

「あたしは遠慮するわ」

松代はためらっているのだった。

「なぜ？」

「うまく踊れないのよ。あたしなんかが踊ったら笑われるわ」

「平気よ、あたしだっていい加減にしか踊れないけど、男の人がちゃんとリードしてくれるわ」

美津子は勝手に松代の机の上を片づけ、早く行こうと急《せ》かせた。

松代は行くことにした。やはり賑やかな仲間に加わりたかった。断って、僻《ひが》んでいると思われるのも厭《いや》だった。

松代は子供の頃から「デブ」とか「ブタ松」などとからかわれ、それがあまりひどいので泣きべそをかいてばかりいたが、次第にそんな悪口に馴れて、ほんとに豚みたいなのだから仕様がないと思うようになった。大切なのは気にしないことだった。そのためには明るすぎても暗すぎてもいけない。醜ければ不幸なはずなのに、幸福そうに振舞うことは必ず人々の反撥を買った。また、不器量を意識して陰気な顔をしていると、人々に遠ざけられてしまうこともわかっていた。

彼女は意地悪も同情もされずに、ただ普通に暮らせればいい。ひっそりと目ざわりにならぬように控え、人々が笑うときには彼女も同調して低く笑い、会合があれば人並に参加して、その上で目立たぬようにしていることが必要だと考えていた。

会場は賑わっていた。音楽サークルのメンバーで構成された楽団の演奏で、みんな愉しそうに踊っていた。額の禿げあがった部長や、食堂の小母さんの姿もまじっていた。美津子はすぐにパートナーの声がかかり、踊りの渦《うず》の中へ軽やかに巻込まれていった。

しかし、壁際に立って眺めている者もかなりいた。踊り疲れた人や、踊れないが見物にきたという人たちだった。その中にとなりの課の久保木澄江もいた。

松代は澄江のそばへいって壁にもたれた。

「踊らないの？」

澄江がきいた。

「踊れないのよ」

「全然？」

「少しは踊れるけど……」

「だったら踊りなさいよ、男の人たちが余っているわ」

澄江は四人の男性とつづけて踊ったので、疲れてしまったと言った。

確かに、壁際に立っているのは女性より男性が多かった。しかし、どんな物好きが自分みたいな女を誘うだろう。かりに誘われて踊ったとしても、人々は不恰好な彼女を見て笑いだすにちがいない。松代はこうして眺めているだけで愉しいのだから、それでいいのだと思うことにしていた。

澄江は間もなく新しい誘いがかかり、元気よくフロアへでていった。

「踊りませんか」

ふいに声をかけられたとき、松代は自分が誘われたと思わずに知らぬ顔をしていた。だからもう一度同じ声を聞き、自分が誘われたとわかったときは狼狽《ろうばい》して、

「いえ」

反射的に首を振ってしまった。彼女は赤くなった。

「踊れないんです」

「教えてあげますよ、すぐ踊れるようになる」

組合の委員をしている高山だった。線の太い男らしい感じで、女子職員にも人気があった。

「さあ――」

高山は勝手にきめて先に立った。

松代はもじもじしているのも恥ずかしく、高山のあとについた。

「全然踊ったことがないの？」

「いえ、少しは……」

「それなら大丈夫だ」

演奏はラテン風のリズミカルな音楽にかわったところだった。

「ジルバで踊ろうか」

「ええ」

組んで踊るよりその方が恥ずかしくなかった。高校をでてからほとんど踊る機会がなかったが、ステップの踏みかたくらいは憶えていた。

ふたりは離れて向かい合った。

「うまいじゃないか」

高山が言ってくれた。

松代の唇に笑いが浮かんだ。愉しさがこみあげてきた。

一曲が終り、二曲目がつづいた。

誰かが拍手をした。笑いが起こった。

「見直したな。きみはほんとうにうまいよ」

「うそよ、みんなが笑ってるわ」

松代は知っていた。多勢の視線が自分に集まっている。太った体を揺すっている姿は、たまらなく滑稽《こっけい》にちがいない。笑っている。みんながおかしがっている。でも、松代はいいと思った。道化役者は、見物人を愉しませることによってしか自分も愉しむことはできない。思いきりみんなを愉しませてやろう。楽屋裏でめそめそしているよりかどんなにいいかしれない。だって、あたし自身がこんなに愉しいのだから……。

松代は三曲目もつづけて高山と踊った。

3

最初は、それが恋だとは分らなかった。

「高山さんがあんたのことをとても気に入ったらしいわよ」

同僚にそんな風に言われても、からかわれていると思って聞き流すことができた。高山と喝采を浴びながら踊ったことは、しばらく役所じゅうの評判になって、松代はあちこちでひやかされた。どちらかといえば暗い女だと思われていた松代だが、それ以来一種の人気者になったのである。

しかし、松代の本当の暗さが始まったのはそのダンス・パーティー以後だった。

彼女は誰にも気づかれずに恋をした。もし気づかれたら、人々は決して彼女の前で笑わなくなるだろう。その代わり蔭で笑い合うにちがいない、その愚かさを、その顔のまずさを——そして恋はそのときに終る。高山は振り向いてもくれなくなるだろう。

松代はそれが恐ろしかった。気づかれさえしなければ、いっしょに踊って以来高山は誰よりも親しみをみせてくれる。二人きりで会うような機会はないが、廊下などで擦れちがうと必ず声をかけてくれるし、たまたま昼休みに食堂で顔が合うと、彼の方からすすんで松代のとなりに腰をかけ、話しながらいっしょに食事をしてくれた。松代を恋愛の対象に考えぬからこその気易さで、もし彼女の心に気づいたら、たちまち遠去かってしまうにちがいなかった。

それが当然だと彼女は思う。高山が悪いのではない。あたしのような女に恋をされたら、迷惑に思うのが当り前だ。このまま気づかれずにいるのがいちばんいい。気易く話せるだけでも仕合わせではないか。

彼女は初めからそう諦めていた。

しかし諦めきれぬ思いを恋と呼ぶなら、まさしく彼女がそうだった。

彼女は美しくなりたかった。

「みにくいアヒルの子」が美しい白鳥になったという少女の夢は、大人になってからもいっそう強く心の底に生きつづけていた。

彼女が都心の美容整形医を訪ねたのは、婦人雑誌で美容整形の紹介記事を読んだ数日後だった。ずいぶん悩んだが、彼女にしては思い切った行動だった。

医院の待合室や廊下には、整形前の写真と並んで整形後の効果を示す写真が何枚も掲示してあった。隆鼻術、豊頬術《ほうきょう》、乳房の整形、唇の整形、そのほか植毛や脱毛、人工エクボの例などもあって、それぞれに相当の効果が示されていた。

かなり繁昌している様子で、待合室には七、八人の先客がいた。意外に、どこを整形したいのかと訊ねたいような美しい女性が多く、団子鼻や頬の赤アザを直しにきたらしい客もいたが、ここでも、やはり松代ほど不器量な女はいなかった。

彼女はしばらく待たされて医師に会った。

親しみやすく話す五十年輩の医師は、信頼できそうな感じがした。

「一重瞼を二重にするのは簡単ですがね、あなたの場合は上瞼を切開して皮下脂肪をとればスッキリした二重瞼になります。手術は少しも痛くないし、ほんの数分ですみます。眼頭と眼尻を切って切れ長な眼にすることもできる。

しかしこの鼻はちょっと難しいですよ。プラスチックの挿入《そうにゅう》や肉質注射などの方法だけではすまない。鼻翼軟骨を削ったり、上顎の整形も併行して行なうことになります。結果をみながら、数回にわけて手術しなければならんでしょう……」

医師は素人《しろうと》にもわかりやすく説明した。麻酔をするので苦痛はないというが、入院しなければならないし、費用もかなりかかるようだった。

松代は絶望的な気持を抱いて医院をでた。

費用の面を考えただけでも、手術は不可能だった。また、それほど大がかりな整形をすれば少しは人なみの顔になるだろうが、医師の言外に匂わせた言葉を汲みとれば、必ず成功するという保証はなかった。積極的にすすめてくれたのは二重瞼の手術だが、眼だけパッチリしたのではかえって顔全体のバランスが崩れ、ますますおかしな顔になってしまうのではないか。やはり整形なんかするのは止そう。人なみの鼻になったからといって、高山の愛が得られるわけではない。

松代は寂しく諦めた。

それでも、せめて彼女はもう少しほっそりとした体になりたいと願った。そのためには雑誌の広告でみた「痩せる薬」を飲んだ。ひそかに美容体操もしたし、仮病をつかって絶食したこともあった。

しかしすべてが徒労だった。

苦しい恋の毎日がつづいた。擦れ違いに一日でも高山に会えばその日は落ち着いていられたが、そうでないときは彼の課の前の廊下を一日に何回となく往復して、机に向かっていても彼のことばかりを考え、つい溜息を洩らしたりした。所詮むなしい恋とわかっていながら、苦しい胸のうちはどう抑えようもなく、夜半にふと眼をさますと、同じ部屋で寝ている妹に気づかれぬように声を忍んで泣くことがあった。

しかし高山はもとより、他の誰ひとりとして彼女の悩みに気づかぬうちに、恋の終りは突然に訪れた。

出勤の途上、高山は横断歩道を渡りかけて、左折してきた小型トラックに撥《は》ねられたのである。頭を打って、救急車で病院へ運ばれたときは息がなかった。

その知らせを聞くと、松代は誰もいない屋上へあがり、給水塔の蔭にかくれて思いきり泣いた。

あまり泣いたので、腫れぼったい瞼がなお腫れぼったくなってしまった。

しかし、そのとき彼女を見舞ったのは悲しみだけではなかった。言い知れぬ解放感を感じ、涙が乾くと同時に、これで救われたという気がした。高山はいずれ誰かと結婚する、ほかの女と結婚されるくらいなら、死んでくれてよかったのだ。

死後、高山には許婚者のいたことがわかったが、松代は彼のことを一生忘れないだろうと思った。

4

松代は一度だけ見合いをしたことがあった。

二十五歳になっていた。これまでにも縁談はいくつかあったが、そのつど、彼女は詳しい話を聞かずに断っていた。見合いをすれば、どうせ破談になると思っていたからだった。

しかし、このときは松代の知らぬ間に話が運ばれていた。

仲人の役割をしたのは母の弟で、松代が子供のころしばらく同居していたことのある叔父だった。

その日、松代は平常通りに勤めにでて仕事をしていた。叔父から電話がかかったのは十二時数分前だった。

「ちょうどこちらの方に用があったんでね、たまには昼飯をご馳走《ちそう》するから出てこないか」

叔父は日比谷《ひびや》のレストランの名をあげ、そこで待っていると言った。

松代は叔父が一人でいるのだと思ってレストランへ行った。するとと、叔父と同じテーブルに向かい合って、品のいい六十歳くらいの和服を着た婦人と、そのとなりに三十四、五歳か、あるいは髪が薄いのでもっと年上にみえる男がいた。濃いグレイの背広を着てきちんとネクタイをしめているが、眼玉がとびだして見えるほど度の強い近眼鏡をかけた男だった。

叔父は、このレストランで偶然彼らといっしょになったと言い、母子だという二人を紹介した。叔父は小学校の教員をしているが、母の方は叔父の同僚で、志村元彦という息子の方も他の小学校で教鞭《きょうべん》をとっていた。

叔父に紹介され、松代は赤くなって頭をさげた。これが見合いだということは直感的にわかった。すぐに逃げだしたかったが、それもできなかった。

料理はそれぞれにメニューをみて選び、叔父は遠慮なく好きなものをとれと言ったが、松代はお昼は食欲がすすまぬと言い訳してサンドウィッチと紅茶を頼んだ。

食事中の会話は、専ら叔父と志村元彦の母親との間でかわされた。その場の空気をとりつくろうための空疎な会話で、元彦はほとんど俯いたきりで発言せず、恥ずかしいのか退屈なのか、その様子から窺《うかが》うことはできなかった。

松代も時折叔父や元彦の母の質問に答えるほかは、やはり俯いていることが多かった。

食事が済むと、母と息子は先に席を立って帰った。

「どうだい、おとなしくて感じのいい青年だろう」

叔父が言った。

「騙《だま》したのね」

松代は腹をたてて言った。

「騙すつもりはないが、こうでもしなければ見合いをしないじゃないか」

「やはり騙したんだわ」

「そう怒るな。おまえは二十五だぞ。来年は二十六になる。二十六というといかにも遅い」

「何が遅いの」

「結婚だよ」

「あたしは結婚すると言った憶えはないわ」

「それじゃ一生ひとりでいるのか」

「そうよ」

「バカなことを言うものじゃない。おやじやおふくろが心配している」

「勝手だわ」

「とにかく、あの青年の印象はどうだった。少し老けてみえるが、まだ三十二だ。酒も煙草ものまないし、もちろん女道楽なんか小遣いを持たせられてもしないくらい堅い男だ」

「それで、あたしみたいな女とでも見合いしなければ結婚する相手が見つからないのね」

松代はわざとひねくれた言い方をした。

志村元彦の印象は決して悪くなかった。確かに堅すぎて面白味のない感じだが、性質は善良らしかった。性質さえよければ、松代はもっと年上でも、もっと貧相な男とでも結婚したい気があった。自分には相手の容貌《ようぼう》に注文をつける資格がないことを知りすぎている。いっしょに就職した仲間は、もうみんな結婚してしまった。離婚して、再婚した者さえいた。中学や高校時代の友だちもたいてい結婚して子供がいる。なぜ自分だけが、器量がわるいというだけで結婚できないのか。

彼女は料理を習った。和裁もおぼえた。役所では生花や茶道のサークルに加わって一応の過程は習得した。体も丈夫だから、結婚すればきっといい妻になれると思う。元気な子供を生み、りっぱな家庭をつくれるはずだ。

しかし、女として彼女をかえりみる男はいなかった。デイトに誘ってくれる者はいないし、日曜日はいつも家にいてひとりぼっちだった。

両親の心配はよくわかる。叔父の好意もわかっていた。

だが、いくら松代が結婚する気になっても相手がいなければどうにもならぬではないか。

「断られるに決まってるわ」

松代はそう言って叔父と別れた。

翌日、やはり縁談は破談になった。それを知らせにきた叔父は、母にだけそっと知らせ、松代に会わずに帰っていった。

5

松代は三十歳の誕生日を過ぎた。

クリスマスのダンス・パーティーで高山と踊って人気を博したことは、もう遠い物語だった。あのときパーティーへ誘った飯田美津子はとうに結婚して退職したし、久保木澄江も今では三人の子の母になっているという。あんなことがあったとは、すでに誰の話題にもならない。松代だけが青春の形見にそっと胸の奥にしまっているが、その高山の面影とて、いつか淡く消えかかっている。

松代は結婚を諦めた。父や母も、強いて結婚させようとはしなくなった。

世間には、独身を貫いて社会的にりっぱな活躍をしている女性が多い。彼女らは誇るべき職業を持ち、結婚しなくても自足できる生活を持っている。

しかし松代はちがう。ごく普通の、平穏な家庭を求める娘だった。一時はどれほど結婚に憧れたか知れない。売れ残りとかオールドミスとかいう蔭口をされぬためにも結婚したい時期があり、寂しさに、無性に男を欲しいと思う夜もあった。愛されたい、一度でいいから愛されたいと、それは息苦しくなるほど切実な願いだった。

だが彼女はもう「みにくいアヒル」の夢を見ない。男に生まれたつもりで、男のように暮らしてゆくのだ。そして一日も早く、女だということを忘れられる老人になりたいと思った。

彼女はそんな考えに次第に慣れ、あまり周囲を気にしなくなった。

師走の押しつまったある日だった。

彼女は同じ課の岡野日出子に落語を聞きに行かないかと誘われた。役所内に落語愛好者のグループがあって、日出子はそのメンバーだったが切符が余ったから買って欲しいというのだった。

松代は承知した。まっすぐ帰宅するほかに予定がなかった。今夜は大いに笑い転げてこよう。

彼女はむしろ乗り気になって切符を引受けた。

十人ばかりのグループといっしょに出かけた。

場所は内幸町《うちさいわいちょう》のホールで、役所から歩いて数分だった。

松代たちはほぼ中央の席に一列にならんで腰をかけた。客席は開幕前に満員になった。

最初に若手の落語家《はなしか》が『欠伸指南《あくび》』で笑わせ、小さん、正蔵、志ん生とつづいた。

志ん生の『三軒長屋』では笑いすぎてお腹が痛くなった。

つぎが文楽の『心眼』だった。

梅喜《ばいき》という盲按摩の話である。

――梅喜は横浜へ行って夜おそくまで流し歩いたが、不景気なので客がつかない。それで弟の金公の家に寄ったところ、この不景気にどめくらが食いつぶしにきやがったと罵《のの》しられる。

梅喜は口惜しくてたまらず、面当てに首をくくって死んでやろうとも思ったが、それでは女房のお竹がさだめし力を落とすだろう、こんなにバカにされるのも眼が不自由だからで、茅場町《かやばちょう》の薬師様へ一所懸命信心をして、たとえ片眼でいいから御利益《ごりやく》で直してもらいたい、そう思って横浜から馬道まで歩いて帰ってきたとお竹に話す。

殊勝なお竹は梅喜を励まして寝かせるが、話はここから梅喜の夢に移って満願の当日、信心の甲斐《かい》あって眼が見えるようになった梅喜が、上総屋《かずさや》という贔屓《ひいき》の旦那に出会ってお竹の容貌を訊ねる件《くだり》がつづく。たまたま通りかかった芸者と較べてもらうのである。

松代の顔色が変ったのはこのときだった。

「……旦那、つかんことを伺うようですが、私どものお竹ね、お竹と今の芸者と、どっちがいい女でござんしょう。「おい、変なことをきいちゃ困るよ、つもっても知れそうなもんじゃないか。「そうすると何ですか、私どものお竹の方がいくらかまずうござんすか。「おいずうずうしいこと言ってちゃいけない、今の芸者は東京で指折りの芸者だ、お前さんとこのお竹さんは、お前さんの前で言いにくいけども、まあ、東京で何人というまずい女だろうね。「へえ、そんなに私のお竹はまずうござんすか。「人の悪口に人三化七《にんさんばけしち》なんてことを言うだろう、本当のこと言うとお前さんには悪いけれど、人無化十《にんなしばけじゅう》といって人間の方へ籍は遠いんだよ。「人無化十ですか……、

客がどっと笑った。そのとき、松代のとなりにいた岡野日出子の肩が緊張したように動き、途端に彼女の笑いが止んだ。

四、五列前の席で振り返った男がいた。その男は松代の視線にあうと慌てたように前方へ向直った。ほかにも松代の方を振り向いた者がいたかもしれぬ。

松代は顔を伏せた。真っ青《さお》になった。

日出子は恥をかかせるために松代を誘ったわけではあるまい。もとより文楽は一席の落語を演じているにすぎない。人無化十とは按摩の女房であり、磨きあげた文楽の芸は盲按摩の内部に踏みこんで、見事にその哀歓を伝えている。

だが、松代は自分のことを言われたように思った。それは日出子を緊張させ他の客をも振り返らせた。人無化十はここにもいる。そう気づいたからではないか。

松代はすぐにも席を立ちたかった。しかしここで席を立てば、かえって人々の注目を集めるだろう。気づかなかった者まで、現実の人無化十に気づくにちがいない。

松代は文楽の話が終るまで、唇を噛んで俯いていた。

6

文楽のあとにまだ円生が残っていたが、幕間にトイレへ立つふりをしてそっとホールをでた。

惨めな気持だった。人間が三分で化け物が七分、いや、あれは人間でなくて化け物みたいな女だという形容は、松代の心に深く突刺さった。あのとき、なぜほかの客と同じように笑えなかったのか。おそらく、日出子が緊張したのは松代の気配に気づいたせいだろう。松代が余計な意識にとらわれたのがいけないのだ。いっそ自分は豚の子に生まれてくればよかった。そうすれば、容貌の引け目を感じることもなく、豚には豚の幸福があったであろう。

ホールをでるとガーゼのマスクをした。風邪《かぜ》をひいたからでも風が冷たいからでもなかった。

通勤の往復にはいつもマスクで顔を隠している。

松代は興奮していた。地下鉄を池袋で乗り換え、郊外の私鉄駅で降りる頃も、まだ興奮はおさまらなかった。

駅から自宅まで十数分歩く。周辺は比較的地面が安いので畑がつぎつぎにつぶされ、都心へ通勤するサラリーマンの住宅に変ろうとしている地域だった。松代の家も、半年ほど前に住宅金融公庫から資金を借りて建てたばかりである。

松代はハンドバッグを左手首に吊るし、両手をオーバーのポケットに突込んで夜道を急いだ。月明りが、舗装されていない道を白く照らしていた。

途中の路傍に古びた祠《ほこら》があった。片手で押すだけで台石から転げ落ちそうな小さな祠だった。淫祠の類であろうか、なにを祀《まつ》るとも知れなかった。祠の正面いっぱいに小石が積まれ、時折花束が置いてあったりする。

松代は祠の前を過ぎた。

道の片側が雑木林になった。もう一方の側は畑で、その向こうに新しい家々の明りが点在した。

前方から一人の男がきた。黒っぽいジャンパーを着て、逞《たくま》しそうな体格だった。酔っているらしく、松代の方へ体をぶつけるようによろめいた。わざとそうしたことが分った。

松代は体をかわして擦れ違った。

「よう、ねえちゃん――」

男が声をかけた。

松代は答えなかった。足を急がせた。男が追いかけてきた。気がついて逃げようとしたときは肩をつかまれていた。

男は無言で抱き寄せた。息が酒臭かった。

「何をするの」

松代は男を突きとばそうとした。

しかし、男の力は遥かに強かった。

「騒ぐと殺すぞ」

男は松代の体を道の端まで曳《ひ》きずり、さらに雑木林の中へつれこもうとした。

松代は懸命にもがいた。

マスクがはずれた。

男は松代を見た。驚愕《きょうがく》が浮かんだ。手の力が緩んだ。

「ひでえつらをしてやがる」

男は酔いがさめたように言って突放した。

松代はよろけて膝をつき両手をついた。そのとき左手に触れた物があった。赤く銹びついた一メートルほどの鉄棒だった。

松代は鉄棒をつかんで起き上がった。

男は背中をむけ、立去りかけていた。

「待って——」

松代は追いすがって声をかけた。

男は振り返った。

その瞬間だった。男の頭上に真っ向から鉄棒が振り降ろされた。

7

死んだ男は富樫という二十六歳の土工だった。不良仲間との喧嘩のもつれか、と新聞には書いてあった。

テレビをかけると、国内ニュースが終ってパリのファッション・ショウを紹介していた。

松代はいつもと同じように食欲があった。

食事が終ると、芝浦の倉庫会社へ勤めている弟が最初に家をでた。

三十分ほど遅れて、松代はたいてい父といっしょに家をでる。最後が池袋のデパートに勤めている妹だった。妹は婚約者がいて、来春そうそう結婚することになっていた。

弟も妹も、決して松代とは歩こうとしなかった。松代の方でも彼らと道づれになる機会を避けている。

しかしそれはいつ頃からのことか……。

松代は思い出せなかった。子供の頃、確かいっしょに遊びまわったはずの記憶が、古いアルバムを見ても思い出せない。

「寒いな」

玄関をでると、父が肩をならべて呟いた。息が白かった。無口で小心な男で、すでに三十年あまり区役所の吏員をしている。白髪が目立ち、五十七歳だった。

松代はマスクをした。重く蔽いかぶさるような曇り空で、風が冷たかった。

昨夜の事件現場付近に、制服の巡査もまじえて数人の男が立っていた。死体はとうに運び去られたらしい。

父は何も言わなかった。松代も黙って通り過ぎた。

祠の前で、垢《あか》じみた綿入れの半纏《はんてん》を羽織った老婆が合掌していた。片眼が白く濁り、よく見かける老婆だった。

「お花の稽古はつづけてるのか」

父がふいにきいた。惨めな老婆をみて、松代の将来を気にしたように思えた。

「行ってるわよ、休まないで」

松代は、近いうちに師範の免状をもらえると付け加えた。役所を辞めても自活できるように、週に二回、勤めの帰りに生花を習いに通っているのだ。

父は頷いて、また黙った。

満員の電車の中で松代はぼんやり昨夜の出来事を考えていた。

男の胸に抱きすくめられたとき、松代は戦慄した。恐ろしかった。しかしそれだけだったろうか。初めて女として扱われたことに、僅かでも喜びを感じなかったか。マスクがはずれたとき、男が驚くより前に松代は羞恥を感じた。あれはなぜか。ほんとうは暴行されたかったのではないか。男は立ち去ろうとした。それを追いかけてまで殺したのは、自分はそれほど醜いのかという絶望と、絶望を知らせた男への怒りではなかったか。

——忘れよう。

松代はそう思った。見も知らぬ一人の男と擦れ違っただけだ、そう思って忘れることだ。考えてはいけない。手袋をしていたから、鉄棒に指紋を残すようなことはなかった。人の往来もなかった。犯行は誰にも見られていない。大丈夫だ。心配することはない。不良仲間に殺されたらしいと新聞は書いている。あんな男は誰に殺されても同じではないか。忘れよう、忘れてしまうことだ……。

父は途中の駅で降りた。松代は池袋で地下鉄に乗り換え、平常通りに出勤した。岡野日出子と顔を合わせたので、昨夜は風邪気味で頭が重かったから先に失礼したと言った。

午前中は何事もなく過ぎた。昼休みになったが、近頃は寒いのでみんな外へでない。食事がすむと、男たちは碁をうったり本を読んだり、女たちも編物や雑談ですごすことが多かった。

松代はレースを編みながら、聞くともなしに隣の課から聞える雑談を耳にしていた。隣の課との境は書類戸棚で仕切ってあるだけなので、話し声はほとんど筒抜けだった。

「嘘をつけ」

そう言ったのは、口の悪い田巻の声だった。

「ほんとよ」

女の声はわからなかった。電車の中で、痴漢に悪戯《いたずら》をされそうになったというのだった。

「そんなこと珍しくないわ」

「信じられないね、きみに手をだすなんてよほどの物好きだ。おれだったら頼まれても手をださない」

「あんたなんかに手をだされなくても結構だわ」

「あたしも――」別の女の声が聞えた。「ひとりで映画館へ行くとかならず手を握られるわ。夜遅く帰るときなど、変な男に狙われやしないかとビクビクよ」

「強姦されるというのか」

「ついてこられて、駈け足で逃げ帰ったこともあるわ」

「驚いたな、女っていうのは、みんなそんな風に自惚《うぬぼ》れてるのかね」

「男は全部痴漢よ、そう思っていれば間違いないわ」

「おれもか」

「もちろんに決まっているじゃないの」

「しかし痴漢に狙われるというのは、魅力的な女として認められた証拠だぜ。狙われたらむしろ光栄じゃないか。昨日聞いた落語じゃないけど、人無化十だったら男の方で逃げる」

「人無化十って何のこと？」

「化けものみたいな女のことさ」

田巻は文楽の口ぶりを真似て説明した。女の声が笑った。

レースを編んでいた松代の手は、それ以前から動かなくなっていた。

8

井本松代が捜査本部に出頭して、土工殺しを自首したのはその日の夕刻だった。

「ほんとうにあなたが殺《や》ったんですか」

係官は訝《いぶか》しそうに聞き返した。

「はい」

松代は頷いた。少しも隠した様子はなかった。

「しかし殺した理由は？」

「襲われたからです」

「暴行されたんですか」

「はい、いくら抵抗しても駄目でした。そのうち、転がっていた鉄棒を見つけたのです。あとは夢中でした。無我夢中で殺してしまいました」

供述をつづける松代の態度は、どこか誇らしげにさえみえた。

赤い靴

加田伶太郎

1　松本博士の訪問

　文化大学古典文学科の助教授である伊丹英典氏のところへ、高等学校時代の旧友松本博士から電話がかかって来たのは、夕食後のひと時を、伊丹氏が奥さんと世間話に興じていた最中だった。「どういう風の吹き回しだ、」などと伊丹氏がからかうのに、松本博士の方は、「すぐにも会いたいのだが、これから訪問してもいいか、」とひどく緊張した切口上で尋ねて来た。

「僕の客嫌いも、相手が君じゃしようがない。待ってるよ。」

　電話が切れると、奥さんはさっそく小言を言い始めた。

「あなたみたいに無愛想な口を利いて、失礼ですわよ。松本先生て、お偉いんでしょう?」

「大したことはないだろう。国立中央病院の内科に勤めているんだが、腕前の方は僕は知らん。」

「だって博士よ。」

「博士が何だ、」と伊丹氏は、まるで夏目漱石のような口を利いた。「松本とは高等学校の寮で、同じ釜の飯を食った仲だから、こんな口の利きかたはお互いさまだ。僕の方が身体の具合が悪いから相談に行くというのなら分るが、奴の方から話があるとは不思議だ。まさかギリシャ語の質問でもあるまい。」

「きっとあれよ、」と言って、奥さんは意味ありげににっこりした。

「あれ？　ふふん、あれはもう駄目だ。世はまさにハードボイルドの時代となって、僕みたいな安楽椅子探偵《アームチエア・デテクチヴ》の活躍する幕はないよ。」

「御謙遜ね、」と奥さん。

伊丹氏は茶ぶ台の上に広げっ放しの夕刊を片づけながら、「しかし新聞の社会面というのは賑やかなもんだね。交通事故に兇悪犯罪、にせ札、まったくいやになっちまうな。頭を使うような事件なんかちっとも起らない。」

「この女優さんの自殺っての、可哀そうね、」と奥さんが話題を見つけた。しかし伊丹氏は一顧も払わず、「早くその辺を綺麗にしておかないと、もうお客が来るぞ、」とおどかした。

「せっかちさん、」と奥さんは嘆いた。

しかしお客は奥さんがびっくりするほど早く到着した。伊丹氏と同じ年頃の筈なのに、頭髪はやや薄く、額は禿げあがり、押しも押されもせぬ名医と見えた。もっとも伊丹氏はたかが私立大学の助教授で、鶴の如く痩せているのに、松本氏は医学博士、中央病院内科副医長で、あひるのように肥っていた。むかし学生の時分に、松本氏の渾名はまさに「あひる」だったが、さすが口の悪い伊丹氏も、奥さんの前で使うのは遠慮した。

「どうしたんだい、久しぶりじゃないか。」

「実は折入って君のアドヴァイスをほしいと思って。」

「お門違いじゃないのか。僕の専門はギリシャ語とラテン語だぞ。」

「もう一つの専門の方だ。それ位のことは僕みたいな者でも知ってる。智慧を貸してくれ。」

「なんぞ事件でも起ったのか。そう言えば、中央病院で何かあったな。」

「わたし思い出したわ、」と奥さんが頓狂な声を張り上げた。「さっき女優さんが可哀そうだって言ったでしょう。あの人の死んだのがたしか、……」

「そうなんです、」と松本博士が憮然たる声を出した。「葛野葉子が死んだのは、うちの病院なんです。」

「しかし自殺なんだろう?」と伊丹氏が訊いた。「新聞にはそう出ている。」

「そのことなんだが、君は新聞はよく読んだかい?」

「ざっと見ただけだ。細君みたいに、家庭欄から新聞小説まで読むほど暇じゃない。」

「まあ、」と奥さんは一睨みして、お茶の支度に立って行った。

そこで松本博士が事件の説明を始めた。

「僕は六階病棟の責任を持たされているんだが、ここは個室ばかり並んだ、謂わば上等のお客さんがはいっているんだ。内科の患者も外科の患者もいる。葛野葉子は六一二号室にいて、外科の患者だったから僕自身は関係がないのだが、一応六階は僕の管轄だから、問題があれば僕のところに来ることになっている。」

「どんな問題なんだね? 新聞だと明日がお葬式だそうだが。」

「葛野葉子は一昨夜、夜中の二時か三時ごろに、窓から飛び下りて自殺した。夜中のことで誰も気がつかずに、朝の五時の検温に行った看護婦がベッドがからなのを発見した。下はコンクリートの中庭でね、勿論即死だった。頭蓋骨の骨折で、死因には何等不審な点はなかった。」

「窓は普通は閉めてあるんだろう。それにそんなに大きな窓なのかい？」

「窓は開けられる。こう陽気が暖かくなって来ると、患者によっては窓を開けて寝るんだ。飛び出そうと思えば、充分に飛び出せる。」

「そんなら問題はないだろう。たしかあの女優さんは、自動車事故で怪我をしたんだったね。フロントグラスで顔を切ったとか書いてあったな。再起不能というので世をはかなんだんだろう。」

「そうだ、警察もそう見ている。発作的に飛び出したとね。しかし遺書がないんだ。そしてその代りに妙なものがあった。」

お茶の支度を整えて来た奥さんに、「君はちょっと遠慮しろよ、」と伊丹氏が言った。

「いやどうぞ。奥さんの方が映画界のゴシップに詳しいかもしれませんからね、」と博士が真面目な顔で言った。

「まあ、」と叫んだところを見ると、これはてっきり図星だったらしい。

松本博士は出されたお茶の方には見向きもしないで、黒い革の鞄から一冊の小型ノオトを取り出した。

「御承知のように、病室はいつも満員で空室ができるとすぐに次の患者を入れる。そこで葛野さんの部屋を片づけていて、看護婦がこれを発見したんだ。それもマットレスの下からだ。遺族が蒲団や荷物を持って帰った時には、誰も気がつかなかった。」

「遺族というのは？」

「夫だけだ。光星昭徳《あきのり》という映画界の人間だ。プロデューサーなんだろう。」

「あら、わたし葛野葉子は独身だとばかり思っていましたわ、」と奥さんが言った。「あの人、天涯の孤児だという、たしか思い出の記みたいなものを読んだ記憶がありますけど。」

「夫があることは秘密にしてあったんでしょうね。しかし孤児だというのは本当でしょう。身寄りは誰もいないらしいのです。」

「それで不審な点というと何だね？」と伊丹氏がせっかちに訊いた。「そのノオトがどうかしたのか？」

「うん。看護婦が見つけて僕のところへ持って来た。で、読んでみた。すると自殺ではないんじゃなかろうかという気がし出した。君の意見を聞いて、これを警察へ持って行くかどうか、きめようと思うんだ。」

「どれ拝見。」

伊丹氏はその小型ノオトを手に取り、最初の頁を開いてみた。

「日記だね。」

「自動車事故のあったのが三月三十日、これは四月の十三日から始まっている。病院でつけていたものだ。とにかく読んでみてくれ給え、それから意見を聞こう。」

2　葛野葉子の日記

四月十三日

わたしは昔から理由のない恐怖感におびやかされることがあった。それは子供の頃からだった。しかし今は、理由のある恐怖を感じている。それでこんな日記をつけてみようという気になった。家計簿とか日記とか、こんな面倒くさいものはわたしは昔から嫌いだったし、今でも嫌いだ。しかしことはわたしの命に関っているのだから、面倒くさいなどと言ってはいられない。

理由のない恐怖の方を先に書いておこう。例えばこういうことがある。さっきわたしは窓のところへ歩いて行って、外を眺めていた。晩春の澱んだような空気は我慢がならない。息がつまりそうな気がする。一つには顔じゅうにぐるぐる繃帯を巻かれていて、眼と鼻と口としか出ていないのだから、気持の上でも空気が足りないように感じるのかもしれない。窓の外は中庭で、向うの三階建ての旧館の先に、ネオンの輝いている街が見えた。それと共に、東の空に、今しも赤い爛れたような月が昇って来るところだった。満月にもう二三日という位の、少し端のかけた、気味の悪い赤い月。ここから見渡すと、まるでパノラマのように、広々とした視界の上ににたにた笑っている月がかかっていて、わたしを呼んでいるようだった。わたしはぞっとなって身を引いた。ベッドに横になって眼をつぶった。それでも赤い月はわたしの眼のなかにこびりついて、どうしても消えようとしない。

その時、誰かが廊下を歩きながら、口笛を吹いているのが聞えた。その口笛のメロディが、わたしには聞き覚えがあった。……「赤い靴」なのだ。かすかな口笛が遠ざかった。わたしはベッドから跳ね起き、ドアを開いて廊下を見渡した。夕方の、まだ面会客が大ぜい廊下を通る時分なのに、廊下には誰もいなかった。白衣の看護婦さんが一人、歩いているだけだった。わたしは神経が少しどうかしているのかもしれない。

こういうのは理由のない恐怖に違いない。窓から見た赤い月、廊下から聞えて来た童謡のメロディ。しかし、私が赤い色を怖がるということを知っている人間が、わたしをおびやかしていることは確かなのだ。そっちの方は理由のある恐怖だ。ただそれが何のためなのか、わたしにはちっとも分らない。分らないだけに怖いのだ。

わたしが赤い色を怖がることは、Aも知っている。附け人の初ちゃんも知っている。マネージャーの角間さんも知っている。いや、もっと沢山の人が知っている筈だ。わたしの書いた子供頃の思い出を読んだ人なら。わたしのところにお見舞を持って来てくれる人たちがたとえそのことを知らなくても、初ちゃんがちゃんと処分してくれる。わたしの病室には赤い花は一つもない。赤いガウンとか赤いスカーフとかは、絶対に禁物だ。

そして今日の午後、わたしがこの日記をつける気になったような、怖いことが起った。わたしは面会謝絶にしているから、初ちゃんが、来た人の名前と品物だけを取り次いでくれる。しかし大勢の見舞客の中には、名も告げないで帰るような、うれしいファンもいる。ところでその品物は、初ちゃんがリボンのかかった綺麗な包装紙をほどいてみると、ルイ王朝時代の作かとも思われるような、古いモザイクの宝石箱だった。それは実に見事なもので、まあ素敵、とわたしが声を出して叫んだぐらいだった。しかし誰がくれたものか、初ちゃんにも分らなかった。どうやら看護室にことづけて、その人は帰ってしまったらしかった。

どうして中を開くのだろうと、わたしは仰向けに寝たまま、その宝石箱をいじくり、細工を調べてみた。すると小さなポッチを発見した。わたしはそれをぱちんと開き、同時に、あっと叫んだ。箱の中から赤い液体がたらたらとわたしの白いパジャマの胸にこぼれ落ちた。わたしは箱を放り出し、初ちゃんが看護婦さんを呼び、大騒ぎになった。駆けつけて来たなかに、B先生もいた。「これは赤インキか何かですよ、」と言ってB先生はやさしい笑顔を見せた。「たちの悪い悪戯をするものね、」と言って、看護婦さんたちはややそねむような眼でわたしを見た。わたしの真蒼な顔は繃帯にかくれて見えないのだから、この人たちはわたしの恐怖に気がつかなかったに違いない。

わたしが怖かったのは、その赤い、血のような液体のせいばかりではなかった。それも勿論、わたしには気絶しそうになる程の恐怖だったが、その箱の中から一枚の名刺が（赤く染まって）こぼれ落ちたのだ。わたしはその上の文字を読み、そして手の中に、誰にも見られないように、素早く握りつぶした。それにはこう印刷してあった。

Happy birthday to you.

平凡な誕生日用の名刺、そのほかには何の文字もなかった。

騒ぎがおさまり、わたしは着替えをし、手を洗い、その赤い名刺をちぎってトイレに捨てた。

そしてわたしは寝てから考えた。わたしの誕生日は、戸籍の上では四月の二十三日、つまり十日先になる。しかし本当は今日、十三日なのだ。どういうわけで届出がおくれたのか、亡くなった父か母かが十三日は縁起が悪いというので延したのか、わたしは知らない。しかしわたし自身でさえ、そんなことは今日まで、もう何年もの間、すっかり忘れていた。誰だって誕生日の贈り物は二十三日にくれるにきまっていた。

さて、誰が知っているのだろう、今日が本当のわたしの誕生日だということを。Aは知っている。わたしは夫にそれを話した覚えがある。B先生も知っている。こんな病院でBさんに会えるなんて奇蹟のようだった。むかしわたしたちがお互いに仄かに愛し合っていた頃、わたしはそれを話し、あの人は毎年（わたしがAと結婚したことを知るまで）四月十三日にプレゼントをくれた。それから……。初ちゃんは知っている。角間さんも多分知っている。それから……。わたしは誰かにそれを喋ったのかしら。いいえ、そんな覚えはない。

くたびれた。もう寝よう。

四月十四日

宝石箱のいたずらの意味が、わたしには少しずつ分って来る。あれはわたしへの明かな脅迫なのだ。赤い液体は血のようにわたしの胸にしたたり落ちた。

なぜあの大騒ぎの時に、B先生が部屋に来たのだろうとわたしは考えた。B先生は、六階病棟の担任だが、内科だから直接わたしと関係はない。そしてわたしと会うことを避けているように見える。Ｂさんはわたしのことを怨んでいるのだろうか。わたしをあんなに脅かすほどに？　もしＢさんがわたしを殺したいほど憎んでいるのなら、とても簡単だ。当直の晩に、夜中に眠っているわたしにちょっと注射でもすればいいのだ。お医者さまなら毒薬のことはいくらでもご存じだろう。

しかしＢさんがそんなことをする筈はない。あの人はまだ独身だと看護婦さんが言っていた。わたしだってあの人が嫌いになったわけじゃない。わたしはＡにスカウトされて不本意ながら映画に出演し、不本意ながらスタアになり、そして不本意ながらＡと結婚した。と言えば、嘘になるだろうか。スタアの生活なんて空しいものだ。

ではＡは？　わたしは顔の傷がどの程度のものなのか知らない。わたしは繃帯を取った時の自分の顔を見たことがない。しかしもう再起できないだろうことは分っている。顔がめちゃめちゃになった美人スタアなんて意味がない。「大したことはありません。元通りになりますよ、」と外科のＫ先生はおっしゃるけれど。

Ａが近頃ＳＳに夢中になっていることは確かだ。それはわたしが事故に遭う以前からのことだ。Ａはもうわたしにあきて、ＳＳと結婚したいと思っているに違いない。わたしがこの怪我のために失脚すれば、あの人にとってわたしの存在理由なんかまったくなくなるだろう。しかしそのために、こんなひどい悪戯をするだろうか。ＳＳならしかねない。あの人はわたしのライヴァルなのだから。しかしわたしの本当の誕生日を知っている筈はないし、それにわたしをおどかしたからって何も得はしないだろう。

わたしを憎んでいる人は、他にもっといるのかもしれない。ただわたしにはそれが誰だか分らない。

四月十六日

昨晩また、遠くで「赤い靴」の口笛が聞えた。わたしは自分の耳がどうかしているのかと思った。副室にいる初ちゃんを呼んで、二人で廊下に出てみたが誰もいなかった。初ちゃんには聞えなかったそうだ。

わたしはあれから色々と考えてみた。あの宝石箱の件は単なる厭がらせなのか、それとも脅迫なのだろうか。そしてわたしは、わたしの怪我——自動車事故の——そのものが、既にわたしを殺そうとして試みられたものではなかったろうかと、考え出した。もしそうだとすれば。

四月十八日

昨晩も、眠る前に口笛が聞えた。そして寝てからもっと恐ろしいことが起った。

わたしはうなされて眼を覚ました。枕許のスタンドをつけて時計を見ると二時半だった。わたしは怖くて、きっと浅い眠りしか取れなかったに違いない。わたしは何だか空恐ろしい気持でベッドの上に半身を起した。その時、かたんかたんという、ごくかすかな音、——足音のようなものがした。それは廊下ではなく、すぐそばで、病室の中で、聞えるような感じだった。枕許のスタンドは、ベッドのまわりだけを明るく、副室との境や入口の前のスクリーンのあたりを暗く翳らせていた。そしてわたしの眼は、床の上に、二つの赤い靴が、靴だけが、ゆっくりと歩いているのを見たのだ。その一足の靴は、透明人間がはいてでもいるように、交る交る、かたんかたんと動いていた。

わたしはきゃっと叫んで、蒲団の上に俯伏せになった。「初ちゃん、初ちゃん、」とありたけの声で叫んだ。初ちゃんが寝ぼけた声で返事をし、副室の襖を明けて病室にはいって来るまで、わたしはベッドに俯伏せになって顔を隠していた。「どうなさいました？」と初ちゃんが訊き、わたしは顔を起して、床の上に何もないことに気がついた。わたしは初ちゃんに命じて病室の中を探させ、自分もガウンを引掛けてベッドの下まで覗いてみた。入口のドアはしまったままだったし、廊下には誰もいなかった。「きっと夢でも御覧になったのですよ、」と初ちゃんは慰めた。

色のついた夢を見ることはある。しかしあの二つの赤い靴が夢だったなんて、そんなことがあり得るだろうか。

四月十九日

昨日は何も起らなかった。Aがちょっと見舞に来た。わたしが主演する筈だった映画「東京の恋」は、順調に撮影が進んでいると言った。代役に駆け出しの新人を使ったそうだけど、そんなことでうまく行くかしら。

四月二十日

昨晩、また「赤い靴」の口笛を聞いた。わたしはもう気にしないことにしようと思う。きっと看護婦さんの中に、あの童謡の好きな子がいて、時々吹くのだろう。偶然というだけで、わたしの神経が少し参っているのだろう。わたしはこの口笛のこと、それに夜中に見た赤い靴のことを、誰かに相談したい。初ちゃんでは相手にならない。Aだって本気にはすまい。Dさんに言えれば一番いいのだけれど、Bさんは内科だから診察には来てくれない。外科のK先生に明日にでも話してみよう。今晩もまたかしら、わたしは夜が怖い。

四月二十一日

K先生に傷のことを訊いた。「一度見せて下さい、」と頼んだが、「すっかりよくなってから、」とだけで、また繃帯。先生は大丈夫ですよの一点張りだけれど、フロントグラスの破片を顔に浴びたのだから、すっかりよくなるとか、傷が消えるとかいうのは、先生の気休めの言葉だと思う。口笛のことは言えなかった。気にする方がおかしいと言われればそれまでだ。なぜそれがわたしにとって怖いのか、その理由を説明することは難しい。つまり理由のない恐怖なのだ。夜中に見た靴のことにしたって、やっぱり幻覚だと言われそうだ。初ちゃんでさえ本気にはしていないのだもの。

四月二十二日

いつもは夕食後にこの日記をつけるのだが、今日は急いでこれを書いておきたい。(今、午前

十一時）

昨晩、というより明けがた近い午前四時ごろ、また赤い靴を見た。うなされて目を覚ましたが、窓がどうした具合か少し開いていて、風がはいって来た。わたしはスタンドをつけると同時に、二つの赤い靴が、かたんかたんと床の上を歩いているのを見た。幻覚では決してない。わたしはいつまでもそれを見続けていた。いや、いつまでもというわけにはいかない。わたしはすうっと気が遠くなるような気持になり、ふと気がついた時は、もう靴はなかった。顫えながらベッドから下り、副室の初ちゃんを起しに行ったが、初ちゃんはすやすや眠っていたので、起すのはやめた。看護婦さんを呼ぶことも考えたが、呼んだところで何と説明したらいいのだろう。「事故で頭が変になっているのよ」などと陰口されるだけが落ちだろう。

誰がわたしを脅かしているのか。ひょっとしたら。しかしそんなことは考えられない。

四月二十三日、午前

今日はわたしの満二十四歳の誕生日だ。勿論、戸籍の上での。Aだけはしかたないが、わたしは今日も、誰にも会わないつもりだ。こんな繃帯のぐるぐる巻きの顔を、人に見られるのは厭だ。わたしはスタアの生活にちっとも未練はない。Aがわたしを見つけさえしなければ、わたしはただのBGで、Bさんと結婚することもできたのだ。Bさんはわたしを怨んで、虚栄心の強い女だと思っているだろう。そうじゃないのよ。でももうこんな顔になって、Bさんだって心の中ではきっといい気味だと思っているに違いない。

四月二十四日

昨晩、とうとう一番恐ろしいことが起った。九時半ごろ、つまり消燈時間の少し前、わたしは一人でトイレに行った。初ちゃんは夕食後、用足しに出かけていて、十時までには帰って来る筈になっていた。

トイレは、廊下に出て、看護室の方向とは反対側の、廊下を右にそれたところにある。わたしが廊下をまわると、そこに向うむきに、一人の女の人が壁に倚りかかっていた。真赤な外套、真赤な靴、真赤なベレエ、わたしの最も怖がる赤いものずくめの恰好、——しかもそれが、その後ろ姿が生き写しなのだ。

「姉さん——、」とわたしは口の中で叫び、しかも声というよりは呻きのようなものの洩れて来る口を、必死になって抑えた。姉さんは死んでいる。とうに。わたしがこの眼で見た通りに。その女は振り返った。まさに姉さんだった。すっかりふけて、三十四とは（姉はわたしより十も年上だった）思えないほど、おばあさんじみていた。しかしそれは姉に違いなかった。

わたしは眼がくらくらし、壁に身体を支えた。そして次の瞬間に、もうその女の姿はなかった。わたしは身動きもできなかった。

「葛野さん、どうしました？」と声を掛けたのは、折から来かかった馴染の看護婦さんだった。わたしは今ここで、赤い外套の女に会ったから、探してみてくれと頼んだ。その看護婦さんはトイレを調べたり、非常口を見たりした。非常口はこちら側から錠がかかっていた。あとは便所の横手の階段だけ。上へ昇れば屋上で、彼女は屋上を見に行き、わたしは階段から下の方を覗いて見た。しかしその女の姿はどこにもなかった。

要するにわたしの幻覚ということになるのだろう。初ちゃんが、わたしが部屋に帰るのと同時ぐらいに表から戻って来たが、一階から此所までの間で、そんな女には会わなかったと誓った。幻覚だろうか。するとわたしは二度も幻覚を見たことになるのだろうか。

四月二十五日

わたしは怖くてならない。こんなことってあるのかしら。姉は空襲の時に確かに死んだ。そのことは疑いはない筈だけれど、ひょっとしたら助かって。いいえ、そんな筈はない。

こうなったら自動車事故のことも書いておかなければならない。わたしは誰にも言わなかったけれども、考えてみるとそれがすべての発端なのだ。

もしもう一度姉の亡霊が出て来たら、わたしはきっと気が違うだろう。それを考えると夜も眠られない。誰かわたしを助けてくれないかしら。

事故が起ったのは三月三十日だった。思い出すのさえ怖い悪夢のような記憶だ。あれは夜になってから、幾十日かぶりで雨の降った日だった。わたしはHさんが羽田から立つのを見送りに、愛用のMGで出かけた。わたしはいつも一人で運転する。Aは用があって行かれなかったし、初ちゃんは連れて行かなかった(あの子はそれに車に酔うから、MGには乗せない)。Hさんは北極廻りのSASで十時に出発だった。見送り人は大勢で賑やかだった。そしてわたしが帰り道の京浜国道を、気持よく一台また一台と追い抜きながら飛ばして行くうちに、雨がぽつぽつと降り始めた。そして雨脚は急にはげしくなって来た。わたしはスイッチを押してワイパーを始動させた。それはゆっくりと動きはじめた。

3　読後の印象

「おや、このあとはどうしたんだ?」と伊丹氏がノオトから眼を起して訊いた。

「御覧の通り破いてある、」と松本博士が答えた。「それも不思議のうちだがね。時にどう思った、これを読んで? 君の印象を聞こうじゃないか。」

「うむ、」と伊丹氏は唸った。「それでこの女優さんはいつ死んだんだって?」

「昨日の朝、発見された。昨日はつまり二十六日だ。この日記の最後の日附の次の日だ。」

「すると二十五日の夜中に、この赤いものずくめの女がまた現れて、彼女を窓から突き落した、とこう君は考えるわけか?」

「伊丹君、それじゃ君もこれを信じるのか? この赤い靴とか、亡霊とかいう奴を?」

「まあちょっと考えさせてくれ。それでこの女優さんの遺体は、本人に間違いなかったのかい?」

「間違いというと?」

「つまりね、葛野葉子は入院して以来ずっと顔に繃帯をしていた。面会謝絶で、夫と附け人のほかは殆ど人と会っていない。とすると、もしやこれは替玉ではないかとも疑えるわけだ。つまり葉子の代りに、他の女が顔に繃帯をされて突き落されたという場合だ。」

松本博士は磊落な笑い声を立てた。

「名探偵というものは、なるほど懐疑的な人種なんだな。君は病院で人が死んだ場合に、顔の繃帯も取らずに霊安室に送ると思うかね。そういうことはちゃんと調べた。本人に間違いない。遺体は解剖させてもらい、毒物を呑まされていないことも証明された。要するに、窓から落ちて死んだということだ。」

「顔の傷はどうだった？　どの程度だった？」

「これは外科の木村先生の手当がよくてね、まず殆ど傷が残らない程度に完全に癒るはずだった。ただ木村先生が慎重な上に、患者が悲観的に考え込んだために、再起不能だと錯覚したんだな。自殺とすれば本当に気の毒だった。」

「しかしこのノオトは自殺しようとする人間の書いたものじゃないね、」と伊丹氏は確信ありげに言った。「この女優さんはスタアの座に恋々としていない。そんなに悲観しているようでもない。ただ一種の病的な心理状態にある。そこが問題なのだ。それに、日記の最後のところが破かれているというのも、自殺とすれば変だね。当然ここのところが遺書の代りをつとめる筈だからね。寧ろこれは他殺で、犯人がその部分を破り取ったと見る方が自然かな。」

そこへ、それまで黙っていた奥さんが鶴の一声を入れた。

「どうせ取るのなら、なぜノオトごと持って行かなかったのでしょう？」

「まさにそこだ、」と伊丹氏は叫んだ。「君も近頃はなかなか賢くなった。助手の久木君の代りぐらい勤められるぞ。」

「ひとを馬鹿にして、」と奥さんは睨んだ。

「夫婦喧嘩はあとにしてくれ給え。とにかく僕はこれで失礼する。ノオトはあずけて行くから、明日ひまなら病院まで来てくれないかね。」

「うん、今晩考えてみよう。自殺だとすると、辻褄の合わんようなところもあるしね。」

夫婦は玄関まで松本博士を送って行ったが、帰りしなに、靴の紐をむすび終った博士は顔を起して、あっと驚くような捨てぜりふを述べた。

「そうそう、一番大事なことを忘れていたよ。窓から飛び下りたその遺体は赤い靴をはいていたんだ。」

4　病院での調査

その翌日、伊丹英典氏は講義のない日に当っていたので、研究室の助手の久木進君を連れて、中央病院へ出かけた。この久木助手というのは、ひそかにワトソン氏を以て任じている位なので、無精な伊丹氏はもっぱら久木助手を足の代りに使うことにしていた。足と言って悪ければ、片腕の代りに。

往きの車の中で、伊丹氏は問題の重点をかいつまんで説明した。つまりこういうことになる。

1・葛野葉子は自動車事故で顔面に負傷し、副室つきの六一二号に入院した。附け人の初ちゃんというのが副室にいた。

2・彼女は窓から飛び下りて死んだ。自殺と信じられている。赤い靴をはいていた。

3・交通事故の負傷は大したことはなかったのに、彼女は再起不能と信じていた。夫の光星昭徳の他は殆ど人に会わなかった。

4・B先生という昔の恋人が、六階に勤務していた。

5・マットレスの下に、ノオトにつけた日記が発見され、そこでは誕生日の贈り物にはじまり、「赤い靴」の童謡の口笛、夜中にひとりでに動く赤い靴、及び赤ずくめの恰好をした女のことなどが書かれていて、彼女は殺されそうな予感におびえていた。

6・日記の最後の、交通事故の部分が破り取られている。それはどこへ行ったか。

7・もし他殺だとすれば、犯人はなぜノオト全部を持って行かなかったか。

「それは先生、簡単ですよ。」と久木助手は、伊丹英典氏のお株をうばって、事もなげに推論した。「交通事故には何かトリックがあった。あるいはそこに犯人の名前が書いてあった。しかるに前半は、犯人にとって必要なムードがあるからわざと残して行ったんですよ。」

「何だい、そのムードとやらは？」

そこで久木君は得意然と鼻をうごめかした。

「先生は、その日記の中の赤い靴で、何か思い出すことはないんですか？」

「赤い靴はいてた女の子……って童謡だろう。それからアンデルセンの童話か、映画にもなったっけ。それから……。」

「そういう文献学的データよりも何よりも、葛野葉子自身が書いた思い出の記ですよ、題はまさに『赤い靴』だった。」

「知らんね。そう言えば、細君も何だかそんなことを言っていたっけ。」

「先生は俗事にうといからな。こいつはですね、『女性新潮』に半年ばかし前に出て、一躍彼女をインテリ女優として印象づけたものですよ。素直な文章で、亡き姉を偲ぶといったものですがね。」

「そいつは知らなかった。ぜひ読んでみよう。で、その内容と今度の事件と関係があるんだね？」

「僕もよく覚えていませんが、そのお姉さんというのは、いつも赤ずくめのスタイルだったらしいですよ。」

車が中央病院に着くと、折から午前の、外来患者の診察時間で、待合室のあたりは薬のできるのを待ちかねている人たちが、大勢ベンチに屯《たむろ》していた。そこは旧館で、長い廊下を歩いて行くと新館になり、そこの曲り角に無人式のエレヴェーターがあった。二人はそれに乗って六階のボタンを押した。他に客はなかった。

「エレヴェーターを利用しても、人には知られないで済むわけだ。」

しかし六階で下りると、そこはエレヴェーターの正面が看護室になっていたから、その前を素通りすることは難しかった。伊丹氏はそこの看護婦さんに、松本博士への来意を告げた。博士は目下外来診察の最中で、暫く待ってくれるようにと言われた。

伊丹氏は久木君を連れて、廊下をぶらぶらと六一二号室の方へ歩いて行った。そこには新しい患者がはいっていたから、中を見るわけにはいかなかった。その先で廊下は右に曲り、突き当りが非常階段の入口、左手がトイレ、その横は普通の階段になっていた。久木君は命を受けて階段を屋上へと昇って行った。伊丹氏はトイレの中を調べてから、階段を降りて行った。一階まで同じ構造で、氏はくたびれて一階からまた無人エレヴェーターで六階に戻った。看護室の前の椅子に坐って、しばらく考え込んでいた。

久木助手の報告によれば、屋上から旧館へ出る非常階段があるとのことだった。

「人に見られずに出入りすることは、夜中ならばとても簡単なのだ、」と伊丹氏は言った。「下へ降りて行っても、好きな階で非常口を開けて外へ出ればいいんだからね。」

「先生は、その日記に出て来る女を亡霊だとは思わないんですね。」

「うん。この日記は、全部が嘘であるか、あるいは全部が本当であるかのどちらかだ。嘘だとすると、これは葉子が自分で書いたか、あるいは犯人が書いたかのどちらかだ。」

「先生は他殺説ですか？」

「まだ分らんよ。しかし犯人がこれを書いてマットレスの下に入れておいたという可能性はまずない。第一に、それならもっと厭世的な文章になるだろうし、口附の点なんかで食い違うこともあろうし、最後を破くということの意味がなくなる。」

「それに筆跡鑑定をすれば分りますね。」

「うん。『女性新潮』とやらの文章を読めば、文体の上からでも分るだろうよ。」

そこへ松本博士が、エレヴェーターからころがり出て、あひるのように小走りに歩いて来た。

「待たせて済まん。どうも午前中は忙しくてね。」

「いや君の手を煩わすことはない。婦長さんでも紹介してくれればいいんだ。」

「結論はどう出た？」と小声で博士が訊いた。

「まだデータが不足なんだ。もう少し調べさせてくれ。時に葛野葉子のお葬式は今日だったね？」

「今日の午後三時からだ。」

「忙しいだろうけれど、君もお線香をあげに行かないかね。僕はちょっと顔を出してみたい。そこで関係者を教えてもらいたいんだ。」

「いいだろう。」

松本博士が婦長さんにどんな紹介をしたのか、近眼の眼鏡を掛けた、人のよさそうなおばさんという感じの婦長さんは、伊丹氏にも久木君にもひどく愛想がよかった。

伊丹氏はまず、六一二号室と同じ構造で、現に空いている病室はないだろうかと尋ねた。運よく六二二号室があいていて、二人はそこへ案内された。廊下に面して磨り硝子のついたドアがあり、そこをはいると一メートル平方ぐらいの空間があって、右手は壁、左手は病室への木製のドア、突き当りが副室へのドアになっていた。病室へのドアの方は磨り硝子で、今は開きっ放しになっていたが、白い布を張った二つ折のスクリーンが、奥にあるベッドを隠していた。病室は広くて、突き当りの壁の前にベッドが横に置かれ、その頭の方に窓が、足の方に洗面台があった。窓は広くて、左右に開き、ブラインドが下りるようになっていた。窓の高さは腰ぐらいから上で、下の壁のところをスチームの管が通っているので、窓から飛び出そうと思えば、そこが踏み台になるためにさして難しくはあるまいと思われた。

「どうも無用心な気がしますね。」

「でもおはいりになるのがお加減の悪い人ばかりですから、そんなことは考えもしませんでした、」と婦長は弁解した。

窓の反対側は壁になって、洗面台や洋服箪笥などがある。そして壁と天井との間に、空気抜けの横に長い窓があり、半分ほど開いていた。副室との境は日本風の襖で仕切られ、そこは一段高くなった四畳半の畳敷きだった。

伊丹氏はざっと調べ終ると、廊下を戻って看護室の隣にある処置室へ行った。そこは目下のところ誰も使っていなかったので、伊丹氏は悠々と椅子に腰を下し、婦長さんに最近の勤務表を見せてもらいたいと頼んだ。婦長さんがそれを取りに行ったあとで、久木助手は落ちつかない顔つきで質問した。

「先生、これから一体何が始まるんです？」

「なに、簡単なことさ。口笛の主を見つけようというだけさ。」

しかしこれはなかなか簡単ではなかった。看護婦さんの中で、誰か口笛の上手な子はいないか？　それを聞いた人は？——特にこれこれの晩に。伊丹氏はリスト（それは日記から要点を書き取ったものだった）を見ながら、やさしい声で一人ずつ質問した。

「これは勤務とはまるっきり関係ないんだよ。誰だって口笛ぐらいは吹くさ。しかしこれはとても大事なことなのだ。」

先生は女の子には実にやさしいな、と思いながら、久木助手は伊丹氏の応対ぶりを眺めていた。そして遂に夜勤の看護婦で、その晩の同僚が廊下で口笛を吹いていたと言うのにぶつかった。

「でもわたしが教えたなんて言われたら、きっと久ちゃんに怨まれるわ。」

「そこは大丈夫だ。うまく訊くから、その久ちゃんとやらを呼んでくれないか。」

久ちゃんという看護婦はこの日は非番で寮にいたが、松本先生のお呼びというので直ちに駆けつけた。まだごく年の若い、眼のくりくりした、おとなしそうな看護婦だった。

「まあ楽にして下さい。僕は松本君の友達でね、この前自殺したスタアのことで、原稿を書こうと思っているんですよ。」

久木君はあきれて口を抑えていた。先生が新聞記者やトップ屋の真似をしたって、ちっとも似合いはしない。

「あの葛野葉子は可哀そうな人でね。時にあなたは『女性新潮』という雑誌を読んでいますか？」

「いいえ、あたしの読むのは……。」

伊丹氏は大急ぎで久ちゃんの口を封じた。

「いやそんなことはどうでもいい。葛野さんは誰からも親切にされず、可哀そうに世をはかなんで自殺したんです。あの人には肉親もなかったし、映画界なんて、もう役に立たないとなったスタアには冷淡ですからね。でもあなたは、そっと、あの人に親切にしてあげたんじゃないですか？」

「ええ、」と言ってから、彼女はどぎまぎした。「でも言わない約束なんです。」

「しかしあの人も死んじゃったんだから、もう話してもいいでしょう。子守唄をうたってあげたんでしたね？」

「童謡なんです。葛野さんのお好きだという。それも口笛でいいんでした。」

「もう少し詳しく。一体誰です、それを頼んだのは？」

「夜勤の時に、廊下を歩きながら、そっと、赤い靴はいてた女の子……って童謡を口笛で吹いてやってくれって頼まれたんです。それを聞くと、あの人安心して眠れるって話でした。だからわたし、夜勤の晩だけでなく、昼勤の日でも夜になってから看護室に遊びに出かけて、廊下でそっと吹いてあげました。でもかえって、小さい頃のことを思い出して、悲しい気持になったのかもしれませんわねえ。」

「ひとつ初めのところから話して下さい。」

「葛野さんは顔に怪我をしたので、誰にも会いたがらない。だからせめて、気持だけでも、というお話でした。妹は意地っぱりで会ってくれないからって、とても寂しそうでした。だから身寄りがないわけじゃないんですのよ。」

久木助手が何か言い出しそうになるのを、伊丹氏は慌てて制した。

「いつでした？　どんな恰好の人？」

「いつだったかしら。何でも今月の十日すぎです。四時の勤務を終って、看護婦寮に帰る途中を呼びとめられたんです。赤い合オーヴァを着ていました。」

「年は？」

「さあ、三十四五か、もう四十に近いのかしら。葛野さんの素顔は見たことがないけど、写真とはよく似ていましたわ。姉妹だとすぐに分りました。」

5　日記の残りの部分

その看護婦が部屋を出て行くと、久木助手は愉快そうな大声を出した。

「これで分った。やっぱり亡霊は実在しているんですね。それにしても先生の誘導訊問はうまいものだ。」

「しかしその姉さんというのは死んでいるんだよ。そうなんだろう、葛野葉子の手記とやらによると？」

「それは誰かが化けたんでしょう。もっとも死んだという証拠があればの話だけど。」

「その思い出の記をぜひ読みたい。さっきの看護婦さんが読んでないところを見ると、そんなに有名な話でもないようだ。」

「『女性新潮』は程度が高いんです。だから葛野葉子はインテリだということになったんです。」

「インテリか。……君ね、こういう可能性もあるんだ。その赤いオーヴァの女は葛野葉子の変装だったってね。」

「ええ？」と久木君は飛び上った。「しかし怪我が？」

「彼女は繃帯を取ってみた。大した傷じゃなかったから、メイキャップをすれば充分にごまかせる。そして一人二役をやり、脅迫されている振りをし、目指す相手を夜中に病室へ呼んで、頭をぶんなぐって気絶させる。その顔に繃帯を巻きつけて窓から落す、……どうだい？」

「うまい。あり得る。で相手は？　殺されたのは？」と久木君は食いつきそうな眼をして尋ねた。

「ところがこの仮説は成り立たないんだ。病院で屍体を調べて、本人に間違いないとさ。」

「何だ、そんなことですか。」

その時ドアがノックされて、松本博士がもう一人白衣の医者を連れて部屋にはいって来た。

「やあ御苦労さま、」と博士は言って、連れを紹介した。「これが馬場君、つまりあの日記のB先生だ。さっき会った時に君の話をしたら、何と馬場君が事件の鍵を握っているのさ。」

「鍵？」とさしもの伊丹氏も少し動転した。

「じゃこの人のところに、日記の残りが行っていたのか？」

「えらい、」と松本博士が唸った。「よく分ったな。」

「単なる勘だよ。馬場先生、どうしてそれが手にはいりました？」

それはまだ三十前後の、内気そうな感じのする医者だった。彼は手の中にある封筒を、乱暴に扱えばすぐにも散ってしまいそうな開き切った花のように、神経質にそっと握っていた。

「昨日、看護室に置いてあったんです。看護婦の気がつくのがおそくて、それに差出人の名前もないものだから、午後になって僕の手に渡りました。誰が書いたのかはすぐに分りました。しかしもうあの人の死んだあとだったのです。」

「とにかく拝見しましょう。」と伊丹氏は言って、その封筒を受け取った。表には「馬場先生、親展」とあり、裏には何の文字もなかった。中味はまさに、例の日記の続きだった。

……わたしは相変らずのスピイドで走っていたが、雨は急激にどしゃぶりになって来た。そして不意にわたしは、前方の道が、ヘッドライトに照されて赤く滲んだように見えることに気がついた。どうしてなのだろう、わたしの前方が、ぞっとするほど真赤なのだ。わたしは怖くなり、スピイドをおとすために低速ギアに切り換えた。他の車が一台ずつわたしを抜いて行った。一台だけ、いつまでもわたしのMGと並んで走る車があった。わたしけつい、何の気なしにそちらを見た。幻覚だったのだろうか、その車には赤いオーヴァを着た姉が乗っていた。わたしは身をよじるようにし、ブレイキを踏んだ。その車は真赤な視野の中に消えて行った。次の瞬間、わたしのハンドルは傾いていた。

もうこんなことを書いている時間はない。わたしは怖くてならない。

馬場さん、御免なさい。わたしはあなたを愛していました。わたしは間違った道を歩きました。でも今でも愛しています。わたしが死んだ時に、本当に涙を流してくれるのは、あなたひとりでしょう。

「なるほど、」と伊丹氏は言った。「あなたは昨日これを受け取った。そしてこれを遺書だと思ったわけですね？」

「そう思いました。覚悟の自殺だと。」

「するとこの前半は？　これは自動車事故の原因について書いてある。怖くてならない、とも書いてある。変だと思いませんでしたか？」

馬場医師は首をうなだれた。

「さっき松本先生から、不審の点があるから伊丹先生に調べていただいているとお聞きするまでは、そんなことは考えなかったんです。僕はあの人とは、あの人が二年前に映画界にはいるまでは、長い間親密にしていました。結婚する気でいたんです。素直な、やさしい人でした。」

「じゃ、怨みましたね？」

「それは少しは口惜しく思いました。しかし病院づとめの医者じゃ給料もたかがしれていますから。あの人もタイピストで会社勤めをしていたから、当分共稼ぎでやろうなんて、二人で相談したこともあるんです。」

「そうですか、」と伊丹氏は考え込んだ。「あなたは今月の十三日、つまり葛野葉子の本当の誕生日におかしな贈り物があった時に、病室に駆けつけたんでしたね？」

「僕はそれまで、彼女の見舞に行くのが怖かったんです。何といっても気の毒な事故だし、向うも会うのは厭だろうと思って。あの日は、昔なら当然プレゼントをする日だと思って、気にしていました。そこへあの騒ぎです。びっくりして飛んで行きました。」

「中味は赤インキですって？」

「赤インキでした。しかしあの人はだいぶおびえていた様子です。」

「心当りはありませんかね、それを贈った人に？」

「いや全然。僕でないことだけは確かです。僕はこの二年間の彼女の生活については、何も知りません。」

「そうですね、」と伊丹氏は頷いた。「三時からお葬式だそうですから、あなたも一緒に行きませんか。」

6 「赤い靴」

そろそろ昼食の時間だったので、四人は連れ立って地下の食堂へとエレヴェーターで降りた。途中で伊丹氏はこっそり久木助手の耳もとに口を持って行った。

「君の親父さんは今でも署長かい？」

「いや少し出世して、今は警視庁で、第一方面本部長です。そろそろ勇退させられそうです。」

「それは都合がいい。電話番号を知っているね？　ちょっと電話を掛けたいんだ。」

地下の食堂はひどく混んでいたが、伊丹氏は一階の待合室にある電話ボックスでさんざん長話をしてから現れたので、三人の食事はあらかた終っていた。

「どこに電話したんだね？」と松本博士が訊いた。

「今にわかる。時は金なりだから。」

それ以上、伊丹氏は説明しなかった。

「先生、僕が不思議なのは、葛野葉子のその手紙を誰が馬場先生に届けたかってことです？」と久木君が質問した。

「誰だと思う？」と伊丹氏は訊き返した。

「本人は死んでいるんだから。とすると犯人ですか？」

「もし犯人なら、立派に自殺のための遺書で通るのだ。最後の馬場先生あてのところだけあれば、交通事故の部分は要らないわけだろう。そうすれば、日記のそれまでの部分、つまりノオトそれ自体を奪い取った方が利口だ。僕はこう思う、犯人は日記のあることを知らなかったとね。そして葉子は、気がせくままに、最後の一頁を破いて、封筒に入れた。ノオト全部は封筒の中にははいりきらないからね。」

「なにかそこに意味があるんですか？」と久木君が訊いた。

「この手紙は切手を貼って出したわけじゃない。いいかい、葉子には殺されるかもしれないという予感があった。だから万一の時には、彼女の切実な気持をせめて馬場先生にだけは伝えたいと思った。しかし、その予感は間違いで、本当は何でもないのかもしれない、という気持だって心の底にはあった筈だ。そうなれば騒いだだけ恥を掻くようなものだ。そこで、……どうすると思う？」

久木君ばかりでなく、松本、馬場の両医師も首をひねった。伊丹氏はひとりライスカレーをぱくつきながら、無造作に説明した。

「彼女は多分、初ちゃんのハンドバッグかなにかに、その封筒を入れたんだと思うよ。初ちゃんがそれに気がついた時に、もし葉子が生きていれば、こんなものがありましたと彼女に報告するだろうし、もし死んでいれば、宛名通りに馬場先生に届けるだろう。初ちゃんは附け人だから、馬場先生との昔のロマンスも知っていたに違いないと思う。とにかく初ちゃんに訊いてみれば分るさ。」

「そうですよ、先生。その初ちゃんというのが最も疑問の人物ですよ。いつも副室にいたんだから、何かに気がつかなかった筈はない。」

松本博士も久木助手の意見に賛成した。

「ひょっとすると、その初ちゃんというのが犯人じゃないか。彼女ならどんな細工でもできただろう。」

伊丹氏はにやにや笑い、「君も探偵に鞍替えかね、」とひやかした。

四人は食堂をあとにして、六階へ戻った。看護室から婦長さんが出て来ると、大封筒に入れた一冊の雑誌を伊丹氏に渡した。

「いまお使いの人が、これを先生にって届けて来ました。」

「ありがとう。これが問題の古雑誌だよ。さっき出版社に大至急持って来てくれと頼んだのだ。

一つみんなで読んでみよう。」

四人はまた処置室にはいり、伊丹氏が椅子に掛けて目次を調べた。各界の婦人たちの、少女時代の思い出が特集されていた。その中から、伊丹氏が葛野葉子の「赤い靴」の載っている頁を開くと、残りの三人は中腰になって、うしろからその頁を覗き込んだ。

子供の頃の思い出です。それは決して懐しいとか恋しいとかいうような思い出ではありません。わたしは文章を飾って、それを美しくつくり直そうなどというつもりはありません。それが本当のことである以上、しかたがないと思います。一番いいのは、こういうものを書かないことなのでしょう。でもお引受けした以上は、ありのままに書いてみたいと思います。

わたしは姉と二人で、中国筋のK市にいました。戦争中のことです。両親は、母がわたしを生むとすぐに亡くなり、父はその二年ばかり後に亡くなりました。わたしたちは唯一の身寄りであるK市の叔父のところに引取られました。姉はわたしより十も年上で、その頃女学生でした。わたしは幼稚園に行くか行かないかの年頃で、姉はまるで母親代りの感じでした。

こういうふうに言うと、二人きりの姉妹は当然仲がよかったと思われるでしょう。それが違うのです。姉は奇妙にわたしを憎んでいて、陰気な方法でわたしを苛めるのです。例えば、夜寝る時にわたしたちは同じ部屋でやすむのですが、わたしを寝つかすためにする姉の話というのが、きまって怖い話ばかりでした。夜中になると、昼の間は死んでいる洋服とか帽子とか靴とかが、生き返って動きまわるとか、赤い蚊に血を吸われると、その人の血は水になってしまうとか、猫は夜中に人間の言葉で話をするとか、そのほか色々です。わたしは怯えて、それでも怖いから、一心に早く眠ろうと努力するのでした。ですから、怖い時はふつうならなかなか寝つかれない筈なのに（子供のせいもあって）わたしはかえって早く眠る、ということもあったのでしょう。わたしは大きくなって怪談なんかも知りましたけど、姉が日常的な材料でわたしにしてくれた寝物語ほど、怖い話にはぶつかりませんでした。それには、姉の真剣な、どうしても嘘とは思われないような表情も、あずかって力があったのかもしれません。

今から思えば、姉にはどこか尋常でないところがあったような気がします。それは赤い色に対する、殆ど病的なほどの愛着です。赤い帽子、赤いリボン、赤い洋服、赤い靴、いいえもう何もかも赤いものずくめなのです。しかし問題は赤い靴でした。

赤い靴をはいて踊り続ける童話がありますね。姉はその話をわたしに聞かせ、部屋の中でバレエ用の赤い靴をはいて、踊り始めるのです。それはいつまでも、決して、終ろうとしません。わたしが泣き出すと、踊りながら巧みに片脚をあげて、手の先で靴を脱ぎます。そして両方の靴をとると、やっと止るのです。それはいかにも、赤い靴のために無理に踊らされているという感じでした。

姉は両親に可愛がられて育ち、小さい時からバレエを習っていました。わたしが生れてから両親が死に、次第に環境が惨めになって行ったので、わたしを憎んでいたのかもしれません。戦争が始まってから、赤い外套なんかを着たというので、姉は学校でひどく叱られたようです。そんな恰好で表へは出られなくなり、紺のモンペに防空頭巾といういでたちが当り前になってから、姉は二階の自分の部屋に閉じこもり、そこで（もうそろそろ身体に合わなくなりかけた）赤い外套や赤い帽子を身につけて、気を紛らしていたようです。わたしはそういう光景を見物させられました。そして赤い靴をはいて踊るのを、怖いながらも、魅せられたように見詰めていました。

赤い靴はいてた女の子
異人さんに連れられて行っちゃった

姉はこの童謡をよく歌いました。（それも勿論、こっそりとです）しかしわたしには、そのやさしい童謡が怖くてならず、必ず、耳を抑えたものです。それは姉のこういう言葉とも関係があるのです。「――ちゃんにも赤い靴はかせてやろうか。死ぬまで踊るんだよ。踊るまいと思っても駄目なのよ。」そして姉は実演して見せるのでした。

終戦の年の春、各地で大空襲が相継いで起り、わたしたちのいたK市も（こんな山の中の町は安全だとみんな安心していたのですが）やられました。その晩、姉はわたしと一緒に、二階の部屋にいました。姉は例のように赤ずくめの恰好でした。すると警戒警報さえまだ出ないうちに、猛烈な爆撃が始まり、わたしたちの家はあっという間に火の海に包まれてしまいました。下から叔父がわたしたちを呼ぶ声が聞えます。二階はすっかり燃え出して、赤い焔がもう天井を這っています。

わたしはその時小学校の二年生でした。日頃訓練されているので、すぐに頭巾をかぶって逃げようとしました。「――ちゃん、さあ踊ろう。赤い火の踊りを踊ろう。」姉はそう言って、わたしの腕をつかみました。

姉は気が狂ったのです。

「姉ちゃん、早く逃げようよ。大変だよ、」とわたしは叫びました。

姉は顔をゆがめ、「一緒に踊ろう、」と言って、平気で立っているのです。わたしは摑まれた腕を振り払い、階段口へと走り出ました。

「逃がさないよ。一緒に踊るんだ、」と声だけがあとを追いかけて来ました。

わたしは気をうしない、叔父に連れられてやっと安全な場所まで避難できたらしいのですが、叔父はその時のひどい火傷で、じきに亡くなりました。姉は勿論助かりませんでした。

わたしのはそういう思い出なのです。怖い、暗い、厭な思い出です。そして今でも、赤い靴への恐怖はわたしの記憶にこびりついているのです。

7　初ちゃんとの一問一答

三時から撮影所で行われるという葬式に、伊丹英典氏は少しおくれて行くからと松本博士に断って、久木助手を連れてM署へと車を走らせた。

「先生、少しは目星がつきましたか？」と心配そうに久木君が訊いた。

「少しとは見くびったね、」と伊丹氏はうそぶいた。「あの『女性新潮』の手記が鍵さ。鍵さえ分ればあとは簡単だ。」

しかし伊丹氏は車が着くまで、額に皺を刻んだまま沈思黙考の体だったから、先生の「簡単」というのも、どうも怪しいものだと久木君は睨んだ。

久木進君の父親の久木警視長が紹介者であるせいか、M署では伊丹氏は丁重に迎えられた。

「私は捜査課の者で、山本と言います、」と案内に出たひどく背の高い刑事が自己紹介をした。「折口初子さんにはこちらで待ってもらっています。」

久木君はさてはと思って伊丹氏の顔を見たが、その顔には心配そうな翳こそあれ、得意の色は微塵もなかった。だだっ広い控え室に、地味な洋服を着た若い女が一人、ぽつねんと待ち侘びていた。

「あなたが葛野さんの附け人の初ちゃんですね？」と伊丹氏は、例によって女性向きのごくやさしい声を出した。

「はい。一体どんな御用なんでしょうか。三時から葛野先生の告別式が始まりますので、わたしそれに出たいと思っているんですが。」

「葛野さんは本当に気の毒でしたね。あの人はあなたに辛く当ったりなんかしなかった？」

「ええ、本当にいいお方でした。附け人なんて、普通なら犬か猫みたいにこきつかわれるんです。けれども先生は親切で、思いやりがあって……。」

初ちゃんという娘はもう涙ぐんでいた。ごく平凡な顔つきだが、気立てはよさそうに見えた。バッグからハンカチを出して眼もとを抑えた。それから急に心配そうに顔を起した。

「わたし、どうしてこんなところに連れて来られたんでしょうか？　病院の先生が何やらお訊きになりたいとか。」

「僕は松本博士の代理で、こういう者です、」と言って、伊丹氏は名刺を差し出したが、文化大学の助教授は刑事さんよりも信用があると見えて、初ちゃんは少しばかりほっとしたような顔になった。

「とにかく時間があまりありませんから、大急ぎで、大事なことだけ訊きましょう。打明けて言えば、我々は葛野さんが殺されたものと考えています。だから一つ助けてもらいたいのです。」

初ちゃんの顔は見る見る蒼ざめた。

「ではやっぱり？」

「ほう、あなたも疑っていたんですか？」

「わたし、葛野先生が交通事故以来、何かに怯えていらっしゃることだけは分っていました。口笛のことや、夜中に赤い靴を見たという話や、変な女に会ったという話や、……でも、わたしには信じられませんでした。」

「口笛は聞えたでしょう？」

「はい、二三度。でもそれを言うと先生が怖がると思って、先生の気の迷いだと思わせるようにしていました。」

「交通事故のときは、あなたも羽田へ行ったんですか？」

「いいえ、先生がMGに乗るときはお伴しません。わたし少し車に酔うので。」

伊丹氏は腕時計を見、それから質問のピッチをあげた。

「てきぱきと答えて下さい。まず、葛野さんの死んだ朝のことから。夜中に何が起ったか全然知りませんか？」

「わたしいつも昼の疲れのせいか、ぐっすり眠るんです。看護婦さんに、大変よ、と言って揺り起されるまで、何も気がつきませんでした。」

「それから？」

「まるで嘘としか思えませんでした。先生のお身体はどこかへ運ばれて、わたしは副室で一人で泣いていました。光星さん――これは葛野先生の御主人です――から、あとのことはこっちでするから、うちへ帰って休みなさい、と言われたので、お宅の方へ戻りました。」

「あなたは葛野さんの――つまり光星さんの家に、住み込みで暮しているわけですね？」

「はい。」

「それからどうしました？」

「わたしもともとあの光星さんという人が好きじゃないのです。あの人は佐山さくらという人気スタアといい仲だって噂まである位で、葛野先生に対しては冷たかったと思います。わたしは先生の附け人だし、もうこうなっては何の御用もないし、それに病院での光星さんの態度と来たら、とても横柄で、お前なんかもう用はないというふうでしたから、その日、兄の家へ移りました。兄はテレビの仕事に出ています。」

「なるほど。それから次の日、つまり昨日は？」

「昨日、ふとハンドバッグを開けてみて、馬場先生あての封筒があるのに気がつきましたから、きっと先生がお入れになったのだと思って、病院の受附へ置いて来ました。お通夜に出ようと思ったんですけれど、お通夜だかパーティだか分らないようなばか騒ぎになるだけだと思い、そのまま兄のところにいて、遠くから拝んでいました。でも今日のお葬式にはぜひ出たいんです。」

伊丹氏はしばらく黙ってから、こういう質問をした。

「葛野さんが死んだと分ったあとで、あなたは誰か映画界の人に会いましたか？　これは大事な点だからよく考えてから答えて下さい。」

折口初子は確信をもって答えた。

「光星さんだけです。他の人には誰にも会っていません。」

「そうか、」と伊丹氏は一人で頷いていた。

「いやどうもありがとう。もう暫くここで待っていて下さい。」

そう言うなり、伊丹氏は山本刑事に合図をして、そそくさと部屋を出て行った。久木助手はあとに残されて、しかたなしに初ちゃん相手に世間話を始めたが、相手は沈んだ顔つきで、いっこうに話に乗って来なかった。

8　撮影所葬

M署で手間取って、伊丹氏と久木君とが警察の車を借りて撮影所に向った時は、もうだいぶおそかった。

「先生、少しは教えて下さいよ。さっきの質問は、あれは何のためなんです？」と久木君が訊いた。「僕にはもっと他に大事な点があると思った。」

「どんな？」

「例えば動機ですよ。附け人というのは、スタアの引立て役だからいつも軽んじられている。だから劣等感に悩まされて、スタアに復讐したいという気持もあるでしょう。それに、ついてるスタアが死んだとなったら、すぐにも兄さんの家へ移ったというのがくさいじゃありませんか？」

「君は初ちゃんが怪しいと思うのかい？」

「怪しくはないですか？」

伊丹氏はそれには答えず、運転手に向って、「君、ちょっとワイパーを動かしてみてくれませんか？」と頼んだ。

運転していた警官は怪訝な顔をしながら、それでも言われた通りにボタンを押すと、運転席と助手席の前のワイパーが、扇型に動き始めた。

「もう宜しい。」

「先生、これは一体何の真似です？」と久木君が面くらって訊いた。

「例の交通事故だがね、あれは羽田の帰り道の京浜国道で、雨が降り出した時刻に起った。道の前方が真赤になった、と日記に書いてあったね。それはワイパーに仕掛けがあったとしか思われない。」

「ああそうか、」と久木君は唸った。

「それまではずっとお天気つづきだった。そしてMGは葛野葉子の愛用車だ。もしワイパーに赤い固形絵具を仕掛けておけば、いつかは、つまり雨が降った時には、それが溶けて流れ出す。三月三十日の晩、お天気が少しずつ崩れて、夜半から雨が降るとの天気予報で、それが珍しく当った。ワイパーが動き出すと、雨にまじって絵具がフロントグラスに沁み出したんだな。」

「どうしてそれに気がつかなかったんでしょうね？」

「とにかくスピードを落した。すると、それまで尾行して来た犯人の車が横に並んだ。葉子はそこに姉らしい人物を見て、手もとが狂う。と、まあこんなことだな。彼女は急ブレイキを踏み、車は雨に濡れた道路でスリップした。そこで彼女は頭をフロントグラスに突込んで怪我をしたんだが、幸いにして大した傷じゃなかったのだ。」

「すると犯人は殺しそこなったわけですね？」

「うん。しかし怪我をさせれば、それだけでも成功だった。絵具の方は雨ですっかり流れる、自分の車はどんどん突走る。あとに証拠というものはない。」

「そうか。これが同じ犯人だとすれば、留守をしていた初ちゃんではないわけか。」

「分ったかい？　犯人はその晩、羽田へ見送りに行った連中の一人さ。」

「彼女の夫は用があって羽田へは行かなかった、とたしか書いてありましたね。」

「犯人は女だよ。これは明々白々。」

そういう話をしているうちに、車は漸く撮影所に着いた。時刻は既に三時半を過ぎていた。車の降りぎわに、伊丹氏は運転手と久木君とに何やら命じた。

葛野葉子の葬儀は撮影所葬ということで、広場に花輪を飾り、大きな肖像画を花の中に埋めて、即製の祭壇の前で行われていた。社長以下、幹部の弔辞はあらかた済んで、今しもブラスバンドが葬送行進曲を奏でるなかを、焼香する人たちが長い列をなしていた。伊丹氏等もその列に加わった。

焼香を済ませると、伊丹氏は目ざとく松本博士と馬場医師とを見つけ出して、その側へ歩み寄った。博士は頷いて、祭壇のすぐ近くに立っている光星昭徳の方へ、打連れ立って歩いて行った。

「御愁傷に存じます、」と伊丹氏は神妙な挨拶を述べた。

「ええと、どなたでしたっけ？」と相手は訊き返した。

亡くなった女優の夫という人物は、いかにも仕事の虫のような、四十がらみの眼の鋭い男で、夫としてよりは、撮影所の重要なプロデューサーとして、この場に臨んでいるという趣きを見せていた。

「ああお会いになったことはありませんでしたかね、」と松本博士が紹介した。「こちらは外科の伊東君、こちらが内科の馬場君。」

「馬場先生の方は存じていますが、」と光星氏は疑い深そうに言った。「外科はたしか木村先生の担当でした。」

「木村君は手の離せない手術があるので、私が代りに参りました、」と伊丹氏は言ってのけた。

二人の本物の医者がその場から離れても、伊丹氏は側にくっついたきりだった。

「なかなか盛大な葬儀ですね。警察の人たちも来ているんですか？」

「警察？」と相手は怪しんだ。

「これは失礼。他殺の疑いがあるとかで、警察が動きそうな気配があるとか聞きました。何か恋愛沙汰でもあったんですかね。」

「ばかばかしい。葉子は私にとっては金の卵を生む鶏ですからね。傷だって、先生も御存じのように大したことはなかった。佐山さくらとの噂だって根も葉もないことですよ。どうも映画界というのはゴシップばかり早くてね。恋愛沙汰といえば、あの馬場とかいう医者は、葉子の昔のこれですよ。」

「へえ、それは知らなかった。しかし佐山さくらは美人ですねえ。」

その言葉が耳にはいったのか、その女優は二人の側へ近づいて来た。

「なにかわたしのお話？」

年はもう二十八九になっているだろう。葛野葉子と人気を二分するだけの、あふれるような魅力があった。

「私は今度の映画は、佐山さんが主演するのだとばかり思っていました、」と、どちらに言うともなく伊丹氏は呟いた。

「今度って？『東京の恋』ですの？」

「そうでしたかね。どうも医者というものは世事にうとくて。」

「わたしは葛野さんの代りなんか真平よ、」と佐山さくらは貫禄を示した。

「あれはもうクランク・インしていましてね。新人で葉子に顔立ちの似た子がいたので、それを使いました。有望な子ですよ。あそこにいます、葉山茂子。私がデパートの玩具売場で見つけた子ですが、『東京の恋』できっとスタアにしてみせます。」

　それは祭壇の写真の顔とよく似た、しかし年はまだ十八九ぐらいの細おもての女優だった。他の連中がお喋りなどしているのに、先輩スタアの死を悲しむように、ひとりだけぽつねんと立っていた。

「葛野さんのマネージャーだった人はどうなるんですか？」と伊丹氏はプロデューサーに訊いた。

「あなたはなかなか詳しいんだな。角間君はもう葉山茂子のマネージャーになっていますよ。」

　視線がそちらに向いたせいか、角間というあまり風采のあがらない男は、こちらの方へ歩いて来た。伊丹氏は大急ぎで、用意した大事な白《せりふ》を述べた。

「そういえば、葛野さんの附け人だった人を見かけませんね。」

「人情のない女だ、」と光星氏は吐き出すように言った。

　伊丹氏は少しばかりその場所から遠ざかり、角間マネージャーが光星氏と話しているのを見ていた。あれで、自分が誰だかあの男に分るだろう。中央病院の外科の医師だと信じるだろう（それに伊東先生は実在の人物だった）、と伊丹氏は計算していた。それから、最後の、最も大事なお芝居に取りかかった。

　伊丹氏は、葬儀が終って人が散りかけた頃に、巧みにマネージャーに話しかけ、人目に触れないセットの蔭に誘い込んだ。

「角間さん、私は中央病院の外科医ですが。」

「ああ存じていますよ。さっき光星さんに聞きました。何か御用ですか？」

「これは絶対内密にお願いしたいのです。あなた一人、胸の中にたたんでおいて下さい。宜しいですか。」

相手の男は好奇心に眼を輝かせたが、次の瞬間、伊丹氏の一言で真蒼になった。

「葛野さんは生きています。」

「そんな馬鹿な。」

「しいっ。葛野さんは殺されそうな予感がして、あの晩、初ちゃんという子と入れかわって寝ていたんです。犯人は、顔じゅう繃帯をして寝ていた初ちゃんを、葛野さんと間違えて、窓から突き落したんですよ。」

「そんな馬鹿な、」と相手は繰返した。

「嘘じゃありません。今日だって初ちゃんは来なかったでしょう。病院でも遺体が初ちゃんだってことは気がつかなかった。ただ何よりの証拠に、葛野さんを私が現に診ているんですからね。ショックで熱を出して動けないでいます。中央病院の六二三号室に、ちゃんと入院しているんですよ。」

9　中央病院六二三号室

その晩、中央病院六階の処置室に、伊丹氏と久木君とが二人とも白衣を着て控えていた。

「先生、これは一体何の真似です？」と久木君が訊いた。

「今晩の宿直は、内科の馬場先生、外科は伊東先生、つまり僕だ。本来の宿直は馬場さん一人でいいんだが、僕がここにいないと困ることがあるんでね。本物の伊東先生にもその旨通じてある。」

「すると、仮に今晩その伊東先生というのが殺人をおかしても、アリバイがあるという寸法ですね。」

「そうなるかね。」

伊丹氏は悠然と構えているように見せかけていたが、実のところ先生の神経はだいぶ苛々しているようだと久木君は見ていた。彼には何のことやらさっぱり分らなかった。

「じゃ僕は何者です？」

「君は僕の護衛さ。まあいてもいなくてもいい人物さ。」

「それはひどい、」と久木君は抗議した。「これでも僕は、撮影所ではだいぶ聞き込みましたよ。」

「それはありがたい。聞かせてくれ給え。」

「あの光星昭徳ですが、仕事にかけては辣腕家で、スタアづくりの名人らしいです。それに女優さんに手を出すのも早いらしい。佐山さくらにお熱いことは間違いありません。葛野葉子に較べると佐山さくらの方がグラマーですからね。役どころも違うし。光星説では、スタアは消耗品で、いいところ三年もてば成功なんだそうです。撮影所では評判は悪くない。仕事熱心だから、女優に色目を使うのなんか問題じゃないらしいです。」

「佐山さくらは？」

「これはアメリカ育ちの二世だそうです。光星がスカウトしたんだそうだが、前身はよく分らないんです。ねえ先生、まさか葉子の姉さんというのが佐山さくらなんじゃないでしょうね？」

「彼女はグラマーだと言ったろう。葉子の方は純情型美人だよ。顔も似ていない。」

「顔のメイキャップならお手のものでしょう。その姉さんは空襲では死ななかった。戦後ＧＩと結婚してアメリカへ渡った。食いものが違えば、スタイルから顔かたちまで、別人のようになることもありますよ。僕の従姉もニューヨークに住んでいるけど、これが送って来た写真を見ると……。」

「ストップ。それで車はどうだった？」

「これは刑事さんのお役目でしたがね。誰でも自家用を持っていますね。ベンツからトヨペットまで、新人の葉山茂子でさえ持っています。つまりスタアたらんとする者は、たとえ借金をしてでも自家用車を持つべしということですね。はやっているんだなあ。」

「君も車がほしければ、スタアと結婚するんだな。」と伊丹氏はひやかした。

その時、ドアがノックされ、看護婦さんが顔を出した。

「伊東先生、お電話です。」

「ありがとう。」

久木君は、先生がしゃあしゃあとして出て行くのを呆れて見送った。伊東先生は看護室の電話で、小さな声で相手と話をした。

「はい伊東です。ああ困りますね。電話じゃ無理ですよ。……ええ明日ぐらいには公表せざるを得ないんじゃないですか。……今のところ私だけです。木村君？　ええ木村君も知っています。しかしこれは秘密ですからね。一体あなたは誰に聞いたんです？　……そんな筈はないんだがなあ。」

処置室に戻ると、伊丹氏はにやりと笑った。

「誰からでした？」久木君が訊いた。

「佐山さくら、」と先生はぽつりと答え、「どれ回診に行って来よう。君は待ってい給え、」と命じた。

ますます呆れている久木君を残して、伊丹氏（ではなく伊東先生）は馬場先生のうしろにくっついて、各病室を廻った。「お変りはありませんか？」と尋ねるごく月並な回診だった。ただ六一二号室だけ、伊東先生はさりげなく部屋の中まではいって、それが六二二号室と少しも違わない構造であることを確かめた。回診が更に進んで六二二号室まで来ると、伊東先生は先に立って病室へはいった。

「お変りはありませんか？」

ベッドには顔じゅうに繃帯を巻いた女の患者が寝ていた。枕から首を少し起して頷いた。

回診が終ると、馬場先生は宿直室へ寝に行き、伊東先生は処置室へ戻った。久木君はじりじりして部屋の中を歩きまわっていた。

「一体何ごとが始まるんです？　罪ですよ、じらすのは。」

「うん、教えようか。実は六二二号室に葛野葉子がいるんだ。今晩、犯人が彼女を殺しに来る手筈なんだ。」

久木君のびっくりした顔は見ものだった。

「しかし、」と絶句してしまった。

「そうさ、小細工なんだが、犯人が引っかかればいいがね。」

「死んだのは葛野葉子に間違いないと、先生はたしかおっしゃった。」

「勿論さ。しかしそれが本人だったと知っているのは、ごく少数の病院関係者だけだ。松本君、木村先生、伊東先生、それに看護婦さんが数人。何しろ顔が繃帯でかくれているんだから、もしかしたら、と誰でも思うだろう。それに撮影所なんてところは、秘密の話というのほど早く広がるんだからね。」

十時の消燈時間が過ぎると、廊下は薄暗くなり、病室の中はどこも真暗になった。伊丹氏は久木君と共に、六二二号室へ行き、そっと副室へはいった。そこには山本刑事が胡坐をかいて坐っていた。

「ご苦労さまです、」と伊丹氏はねぎらった。「まだなかなかですよ。」

「なに、こういうのには馴れています、」と相手は平然たるものだった。

伊丹氏は病室のベッドに歩み寄って、やはり小声で呼びかけた。

「初ちゃん、心配することはちっともないんだからね。眠ってくれた方がいいんだよ。」

「でもわたし、怖くて、」と患者は呟いた。

「大丈夫、副室に三人いる。安心して、眠れたら眠りなさい。」

それからの夜は長かった。副室の三人は、病室との仕切りの襖に小さな穴を開けて、そこから代る代る覗いていた。病室の中は、磨り硝子のドアから洩れて来る廊下の明りだけで、ぼんやりとベッドの白いカバーが暗がりに浮んでいた。

十二時が過ぎ、一時が過ぎた。

久木助手はそろそろ眠くなって来た。襖の端にもう一つ穴を開け、そこから時々室内を眺めていたが、何の変化も見られなかった。そんなに予想通りに行くかしらん、と内心では伊丹先生の腕前に疑問を抱きはじめていた。

二時が過ぎた。病院の中はすっかり寝しずまって、ひっそりかんとして物音ひとつ聞えなかった。と、かすかにかちりという音がした。入口のドアが開いたらしい。続いて、内側のドアがそっと開く音がした。

久木君は小さな穴に片目をくっつけた。すると眼の前いっぱいに、真暗いものが覆いかぶさった。はっと思った瞬間に、それは遠ざかり、ベッドの白いカバーがまた眼に映った。人影は暫くその横手に立っていたが、やがて窓の方へ動き、そっとその窓を開いた。それから何やらもぞもぞしていた。

不意に視野の中が赤くなった。久木君には、それがどういう仕掛けなのかさっぱり分らなかったが、二つ折のスクリーンと壁とに真赤な色が焔のようにきらめいた。そして赤いベレエをかぶり、赤い外套を着た一人の女が、ベッドの上の蒲団を足の方からそっとめくって、患者に靴を

（まさに赤い靴だった）はかせていた。患者は声を立てて起き上った。

「さあ起きなさい、姉さんが迎えに来たのよ、」と気味の悪い声が呟いた。

「よし、」と叫んで、伊丹氏が襖を開けようとした。

しかし襖は、外側から楔《くさび》でもはめこんであると見えて、びくともしなかった。久木君はさっき、自分の覗いている穴の前に、人影が覆いかぶさったことを思い出した。「しまった、」と叫んで、彼は入口の方の木製のドアを押したが、これまたしっかりと締まっていた。

三人は力を合わせて襖に体当りした。猛烈な音響がとどろき、三人は身体ごと、一段低くなった病室の床の上へころがり落ちた。見ると白い繃帯の女と赤い外套の女とが、組んずほぐれつ格闘していた。

山本刑事が二人を引き離し、伊丹氏が電燈のスイッチを捻った。眩しいような電燈の下のその女の顔は、四十近い顔のようにメイキャップしているとはいえ、新進スタア葦山茂子に紛れもなかった。組み合わせたレンズがくるくる回転する小さな発光器が、ベッドの足に置かれて、赤い光線を依然として壁やスクリーンに投射していた。

10 伊丹英典氏の説明

「やれやれ驚いたよ、」と、松本博士が一口ビールを飲むごとに繰返した。

翌日の晩で、伊丹夫妻のところに、松本博士と久木助手とがお客に来ていた。博士はビールがまわってだいぶ御機嫌の様子だった。

「結局どういうことだったのかね？」

「動機は非常に簡単なんだ。あの新人の女優さんは光星氏にスカウトされたが、その特徴はあくまで葛野葉子に似ている点にあった。そこで葛野葉子が健在である限りは、容易にスタアの座につけないことが分った。僕等にはよく分らない心理だが、病的な成功慾というのもあるんだな。そこで葉山茂子は（だいたいこの名前まで葛野葉子の真似というか、模造品というか、そういう感じだからね）、その茂子は、葉子の自家用車のワイパーに仕掛けをして、いずれ彼女が怪我でもすればと狙っていたのだ。ここで大事なことは、葉子が『女性新潮』に例の「赤い靴」を書いたことだ。これが犯人の一切のトリックのもとなんだ。この車の仕掛けは、なにも殺そうと思ったわけじゃなくて、半分は悪戯気分だったのかもしれない。手でも足でも、とにかく葉子が怪我をしたら、『東京の恋』の主役が自分に廻るだろうことは、光星プロデューサーからも聞き出していたんだろうよ。

――そこで葛野葉子は、女優にとって一番大事な顔に怪我をした。悪戯は成功し、主役も貰った。ところがそこで、葉子の傷は大したことはなくて、いずれは撮影にも出られるくらいの、ごく軽いものだということが、茂子に分ったのさ。このままでは元の木阿弥とあって、彼女は次第に新しい計画を進めた。気のよさそうな看護婦さんを一人籠絡して、赤い靴の童謡を口笛で吹かせる。それでおどかしておいて、まず手始めが例の誕生日のプレゼントさ。」

「そうだ、一体どうして本当の誕生日を知っていたんです？」と久木君が訊いた。

「本当の誕生日を知っていたのは、亭主の光星プロデューサーと、昔の恋人の馬場先生と、附け人の初ちゃんと、それから角間マネージャーくらいかな。しかしこれは何も絶対の秘密というようなものじゃないから、この連中が決して口を滑らさなかったという保証はない。中でもマネージャーが一番くさい。というのは、犯人の葉山茂子が情報を仕入れるのに、一番近づきやすいのがこの男だからね。」

「葛野葉子が死んだとなったら、すぐに葉山茂子のマネージャーに鞍代えしたというのは怪しいですね。共犯じゃないですか？」

「どうかな。犯人に利用されただけの、軽薄な人物というのじゃないかね。さて犯人の計画が着々と進んで、今度は赤い靴を出して見せる。」

「そこですよ、」と久木君が唸った。「どんなふうにしたんです？」

「いや、僕もどういう仕掛けなのか、実はだいぶ考えたんだがね。多分こんなことかと想像していたら、ちゃんと証拠の品が出たらしい。つまり彼女はもとデパートの玩具売場にいた。近頃は乾電池を使った玩具がいろいろ出まわっているだろう。豚のコックさんが片手に持ったフライパンをぽんとあげて、中にはいった目玉焼を裏返すような奴さ。熊がのそのそと歩いて行って、時々上体を起して唸るなんてのもある。彼女はそういうのを靴の中に入れて、面白い玩具をつくったんだ。いや実に器用なものさ。靴の底に小さな車がついていて、そろそろと前進する。それが時々、爪先を起して、かたんと音を立て、また前進するんだ。そういう靴が右足と左足と交る交る動く。夜中に見ていたら、誰でも気味が悪くなることは請合だ。」

「しかし先生、それじゃ犯人はその場にいたわけですか？」

「彼女は車を持っていた。夜中に撮影の方で身体があいたら病院へ行く。表からはいって、旧館から新館の屋上に出れば人には見つからない。だいたいあの外套は、表は赤いウール地で、裏は薄鼠のレインコートなんだ。ベレエはハンドバッグに入れられるから、いざという時まではレインコート姿で、人に見つかってもちっとも怪しまれないのさ。病室のドアは開いていて、更に次のドアがあり、更に二つ折のスクリーンがある。ドアのところに隠れているわけさ。まずそっと窓を開け、風を入れ、葉子が目を覚ますのをそこで待っているんだ。」

「しかしその時見つかるかもしれんぞ、」と松本博士が訊いた。

「その時はもう赤ずくめだから、気がつけばつくでいいのさ。葉子がトイレの横で見掛けたのも、犯人の計算外だったのかもしれないな。そしてドアの蔭から、二つの赤い靴を動き出させる。細い紐かなんかをつけておいて、相手がぼうっとなった隙に、素早くたぐりよせて逃げ出すんだ。」

「なるほど。それで最後は？」

「心理的に充分におどかしてから、姿を現し、赤い靴をはかせて、お前は死ぬまで踊るんだと脅迫してみろよ。ドアの方には、赤い光線がぎらぎらしていれば、どうしても窓の方へ逃げ出して行くさ。」

「しかし先生、それは成功したんでしょう？」と久木君が訊いた。「どうしてもう一度ひっかかったんです？」

「そこが問題だね。犯人にしてみれば、確かに葉子を殺したつもりなのに、やっぱり疑心暗鬼を生じたんだね。ひょっとしたら？……つまりそこがこっちの狙いだった。何しろ証拠がちっとも残っていなかったんだからね。初ちゃんが協力してくれて助かったよ。」

「そうすると犯人の失敗はどこにあるんです？　というより名探偵の着眼点は？」

「葛野葉子の書いた日記、これさえなければ完全犯罪さ。葉子が自分から犯人を告発したようなものだ。しかし彼女は『赤い靴』という文章を書いたために、自ら墓穴を掘ることになったんだから、可哀そうだった。」

「で、先生はどうして？」

「単純なことさ。幽霊は年を取らない筈だ。これは万古不易の真理だよ。ところがあの幽霊は、葉子によく似た顔立ちで、しかもちょうど十ぐらい年が上ということだった。それは犯人にとってはしかたがなかったのだ。もしも死んだ時のお姉さんの年、つまり十八ぐらいのままで現れたとしたら、それは実際の犯人の年と同じで、素顔も同然なんだから、じきにばれてしまうだろう。分ったかい？」

「なるほどね。」

聞いている連中は、半分感心したような、半分馬鹿にされたような顔をした。そこで伊丹英典夫人は、次のように言って亭主をやりこめた。

「あなたみたいな臆病な人なら、幽霊を見ただけでベッドから落っこちて、首の骨を折っていたわね。」

そして一同は大声で笑った。

解説　死とメルヘン

新保博久

死「君と僕って、他人のような気がしないんだよね」
メルヘン「人聞きの悪いこと、言わないでよ。みんなから嫌われてるあなたと、老若男女だれからも好かれる私と、どんな関係があるって言うの」
死「そうかなあ。けっこうメルヘン《きみ》の中に死《ぼく》はよく登場するんだけど」
メ「あなたはどんな物語にだって、ずかずか踏み込んでいくでしょうが。中でも、ミステリーがお気に入りらしいけど」
死「そうそう、そもそもミステリーが君と似ているんだよね。君のこと、もっとよく知りたいと思って、このあいだ出た野村泫先生の『グリム童話』（ちくまライブラリー）って本を読んだら、面白いことが書いてあった。研究家によると、昔話は〈動物昔話〉とか〈本格昔話〉とか五つの型に分類されて、〈本格昔話〉はさらに〈魔法の話〉〈宗教的な話〉というふうに四つに分けられるんだって。グリム童話の大部分、特に有名なものは〈魔法の話〉に属するんだけど、魔法昔話とは形態学的に言うと『《加害》または《欠如》に始まり、ふさわしい中間の機能を経て、《結婚》またはそのほかの解決の機能に至る話』だという。これこそ、まさにミステリーの構造じゃないか」

メ「またまた聞きかじりを言っちゃって。舌がもつれてるわよ。でもそれって、恋愛小説だって何だって、あらゆる物語に当てはまるんじゃないかしら」

死「うん。野村先生もこれは物語どころか人生そのものの構造、〈人間の基本的なリズム〉かも知れないと言っている。グリム童話などが子供に受け容れられやすく、覚えやすいのは、そのリズムに合致しているからじゃないかとも。こう考えると、《加害／欠如》とその除去という構造がいちばん顕著な童話が子供に愛され、同じくミステリーが大人に好まれるってのも、分るよね」

メ「だったら恋愛小説だって、もっと人気があっていいんじゃない？」

死「恋愛小説はハッピーエンドになると限らないだろ。そこへいくと、ミステリーは未解決に終るってことは普通ないからね」

メ「なんか詭弁くさいなあ。でも確かに、ミステリーは大人のメルヘンだって、よく言われるわね」

死「特に仁木悦子さんのミステリーは、メルヘンの味をもつと評されたけど、明朗健全、家庭的な雰囲気のことを言ってるのだとしたら、おかしな意見だよね」

メ「そう、私って別に明朗でも健全でもないし、けっこう残酷なところもあるしね」
死「ミステリーがメルヘンそのものだとしたら、仁木さんの作品がメルヘン的なミステリーだというのは、いちばん推理小説らしい推理小説だってことじゃないかな。そのほうが納得できるだろう」
メ「実在のメルヘンが出てくるような作品も、仁木さんにはほとんどないし……」
死「この『空色の魔女《わたし》』（『小説新潮』一九六七年九月号に初出、角川文庫刊『死の花の咲く家』＝一九七九年＝に収録）なんか、珍しいんじゃないかな。それでも白雪姫を下敷にしているというよりは、童話はあくまで童話として扱われ、残酷な現実をあばく手がかりに用いられている」
メ「角田喜久雄さんの『笛吹けば人が死ぬ』（『オール讀物』一九五七年九月号に初出、廣済堂刊の同題短篇集＝一九六三年＝に収録、現春陽文庫）では、犯人がハーメルンの笛吹き男を気取るわね」
死「角田さんのミステリーには、長篇代表作『高木家の惨劇』（創元推理文庫『大下宇陀児・角田喜久雄集』に収録）もそうだけど、真犯人が直接手を下さないで他人を操って犯罪を犯させるというのが、モチーフの一つとしてあるみたいなんだ。それをハーメルンの笛吹き男伝説に象徴させるのは、角田さんにとって大変自然なことだったんだろう」
メ「この短篇が第十一回日本探偵作家クラブ賞（現在の日本推理作家協会賞）を受賞して、角田さんの短篇のほうの代表作になっているのも、操りテーマを前面に出して、持味がじゅうぶん発揮されたからかもね」

死「同じ伝説をとりあげたものでは、さいきん深谷忠記さんが『ハーメルンの笛を聴け』(中央公論社)という長篇を刊行した。やっぱり犯人が笛吹き男を名乗るんだけど、操り殺人とはひと味違う料理法で、おすすめの作品だよ。この伝説について、詳しい知識も得られるしね」

メ「あなたなんかに推薦されると、かえってケチがつくんじゃないの?……何だか私たちの喋り方、石川喬司さんの対談スタイルのミステリー批評『地獄の仏』みたいになってきちゃった」

死「その石川さんの『メルヘン街道』(『月刊カドカワ』一九八五年十月号に初出)にはハーメルンのほか、眠れる森の美女、ブレーメンの音楽隊、ほらふき男爵、赤頭巾まで取入れられていて、まさにメルヘン・ミステリーの決定版とも言える」

メ「『地獄の仏』とその前篇『極楽の鬼』も、ミステリー批評の決定版と言われているわ。石川さんは創作ではSFが多いんだけど、この『メルヘン街道』は完全に合理的な解決がつくようになってるわね」

死「童話をSF的に解釈した作品ってのはたくさんあるけれど、今回は比較的純粋ミステリーに限りました。半村良さんの『マッチ売り』なんか採りたかったけど、むかし河出書房新社から出た『サンタクロースの贈物』(田村隆一編)に収録されたことでもあるので、見送っております。同様にルイス・キャロルの作品に基づくものも、『不思議の国のアリス・ミステリー傑作選』(河出文庫)とダブらないよう割愛しました。また、梶龍雄さんの『イソップとドイルと…』も『学園ミステリー傑作選』第一集(同)に収録ずみなので、そちらをご参照ください」

メ「スポンサーからのお知らせでした。……ええと、『メルヘン街道』がさいしょ収録された石川さんの短篇集『絵のない絵葉書』（一九八六年、毎日新聞社）という題名は、もちろんアンデルセンの『絵のない絵本』のもじりよね。これと題名も同じ、鮎川哲也さんの『絵のない絵本』（『探偵倶楽部』一九五七年三月号に初出、読売新聞社刊『鮎川哲也自選傑作短篇集』＝一九七七年＝に収録）は、お月様から聞いた話を作者が記録するという設定だけアンデルセンから借りたみたい。鮎川さんって本格推理の鬼ってイメージだけど、こういう小説も書くのね」

死「リアルな本格推理では使えないトリックのアイデアを、こういう形で生かしたんだろうね。だけど、もともと鮎川さんにはこういうメルヘン志向があって、『楡の木荘の殺人』（河出文庫）に収められた初期作品には、『地虫』『影法師』などメルヘン調のものが見出せる。鮎川さんがまた最も推理作家らしい推理作家の一人であることを思うと、さきほどの僕のミステリー＝メルヘン同根説が傍証されるわけで……」

メ「わかったわかった。次いきましょ。赤川次郎さんにも、メルヘンを素材にした作品が多いわね。この『青ひげよ、我《わたし》に帰れ』（『オール讀物』一九八一年九月号に初出、文藝春秋刊『幽霊愛好会』＝一九八三年＝に収録、現文春文庫）のほかに、同じ幽霊シリーズの『狼が来た夜』（文藝春秋刊『幽霊湖畔』所収）ではイソップの狼少年を用いているし、『シンデレラの心中』（徳間文庫『華麗なる探偵たち』所収）、『ジャックと桃の木』（同『盗みに追いつく泥棒なし』所収）とかあるわ」

死「赤川さんはまず題名を思いついて、それにふさわしいストーリーを考え出すこともよくあるそうだから、映画や小説などのタイトルをもじるのがやりやすいんじゃないの。『青ひげよ、我に帰れ』という題名は、スタンダード・ソング『恋人よ、我に帰れ』のもじりにもなっている」

メ「そう言えば小泉喜美子さんの『遠い美しい声』(『Listen!』一九七四年十一月号に初出)も、そのレコードを聴きながら自殺する人が続出したというダミアの『暗い日曜日』がヒントになってるみたいね」

死「仁木悦子さんやこのあとの加田伶太郎(福永武彦)さんもそうだけど、小泉さんもあまりに早く僕の国へ来てしまわれた気がするね。『ミステリーには洒落っ気とユーモアがなければならない。ミステリーは成熟した大人のためのメルヘンであり、詩なのだ』という意味のことをよく言われたように、ミステリーとメルヘンの親近性をとても理解していた人だけに全く惜しい。ただ、この『遠い美しい声』に用いられているのは童話ではなくて、むしろ伝説の……」

メ「ストップ! 何の伝説か喋ったら、まだ読んでない人に殺されちゃうわよ」

死「殺されるったって、僕は死そのものであるんだけどねえ。……ま、話替えようか。先ごろデビューしたばかりの新人、北村薫さんの書下し短篇集『空飛ぶ馬』(東京創元社)には『赤頭巾』って作品も入っているけど、表題作でも、みにくいアヒルの子が白鳥になるわけがない、『あたしはあのあひるの子はどこかで泥まみれになって野垂れ死にしたんだと思うのよ。その死ぬ間際に見た夢が、最後の白鳥になる部分。あれは、ただ一瞬の幻想なのね』と、過激な意見を吐く人物が出てくる」

メ「結城昌治さんの『みにくいアヒル』（『小説現代』一九六五年三月号に初出、講談社刊『女の檻』＝一九六六年＝に初収録、文庫版では角川文庫『あるフィルムの背景』に収録）も、そうはっきりは言ってないけど、似たようなペシミスティックな解釈をしているようね」

死「結城さんにミステリーを手ほどきした（書くことのではなく、読むほうの）福永武彦さんは、本名で書いた純文学はペシミスティックな気分が強く出ているのに、加田伶太郎名義のミステリーはそうした感情を超越した古典的な謎ときに徹している。余技だったせいか、本格推理の文法をあくまで遵守しようとした。福永さんの伊丹英典シリーズほど折目正しいミステリーは、推理作家プロパーにも滅多にないよ」

メ「『赤い靴』（『小説新潮』一九六二年六月号に初出、桃源社刊『加田伶太郎全集』＝一九七〇年＝に収録、現在は新潮社版福永武彦全集第五巻）はそのシリーズ最後の一篇だけど、犯人が童話を利用する本格推理としては、ほんとにお手本になるような作品ね」

死「さあ、これだけ見てくると君と僕が昵《ちか》しいってのは実によく分るね。さらにその親密さを深めるため、では電気を消してしっぽりと……」

メ「ええい、狎々《なれなれ》しい。さっさと蒼ざめた馬にでも乗って去っておしまいなさい」

（本集は山前譲氏との共編によるものです）

新装改題版　追記

以上は『メルヘン・ミステリー傑作選』の解説文の再録である。三十余年前の文章だが、いま改めて筆を執ったとしても、これよりマシな内容になる気がしない。「このあいだ」とかいった時制が現在とはもちろん齟齬《そご》するが、中途半端に修正するとかえって不自然になるからと手はいっさい加えなかったので、読者は三むかし前のものであるとお含みおきのうえ読まれたい。

北村薫氏を「デビューしたばかりの新人」と呼んでいるあたり、むしろ面白がってもらえるのではないだろうか。このころ北村氏は教職にあったため覆面作家で、第二作『夜の蟬』で日本推理作家協会賞を受賞するまで性別も秘匿《ひとく》しており、女性ではないかと誤解していた読者が少なくなかったことも、現在では忘れられかけているかも知れない。

なお文中で言及している書名のうち現時点では、結城昌治『あるフィルムの背景』は増補されてちくま文庫で、福永武彦『加田伶太郎全集』は『加田伶太郎作品集』（小学館P＋Dブックス）や『完全犯罪　加田伶太郎全集』（創元推理文庫）として刊行されているといった情報だけ追記しておこう。また、この種の西洋童話を素材にした推理短篇をもっと読みたくなった読者には、鯨統一郎氏の『九つの殺人メルヘン』（光文社文庫）、青柳碧人氏の『赤ずきん、旅の途中で死体と出会う。』（双葉社）といった連作集があることをお伝えしておく。

初刊時の解説を書いた当人を鼻白ませるのは、メルヘン嬢の語尾のほとんどが、いわゆる女言葉になっていることで、今どき若い女性はこんな言葉遣いをしないだろう。三十年前はこういうふうに喋《しゃべ》る女性が多かったのか、文章上に登場する女性がこう喋らされていたのか、それとも私がそうだと思い込んでいたのか。まあ、こんな表現も往時は普通であったと、一つの記録としてご笑読たまわりたい。

本書は、一九八九年に、小社より刊行された文庫『メルヘン・ミステリー傑作選』の改題・新装版です。本文中、今日では差別表現につながりかねない表現がありますが、作品が書かれた時代背景と作品の価値をかんがみ、そのままとしました。

ハーメルンの笛吹《ふえふ》きと
完全犯罪《かんぜんはんざい》
昔《むかし》ばなし×ミステリー【世界篇《せかいへん》】

一九八九年 八 月 四 日 初版発行
二〇二一年 一 月一〇日 新装版初版印刷
二〇二一年 一 月二〇日 新装版初版発行

著 者 仁木悦子《にきえつこ》、角田喜久雄《つのだきくお》、石川喬司《いしかわたかし》、
鮎川哲也《あゆかわてつや》、赤川次郎《あかがわじろう》、小泉喜美子《こいずみきみこ》、
結城昌治《ゆうきしょうじ》、加田伶太郎《かだれいたろう》

発行者 小野寺優
発行所 株式会社河出書房新社
〒一五一―〇〇五一
東京都渋谷区千駄ヶ谷二―三二―二
電話〇三―三四〇四―八六一一（編集）
〇三―三四〇四―一二〇一（営業）
http://www.kawade.co.jp/

ロゴ・表紙デザイン 粟津潔
本文フォーマット 佐々木暁
印刷・製本 凸版印刷株式会社

Printed in Japan ISBN978-4-309-41789-9

黒死館殺人事件

小栗虫太郎　40905-4

黒死館を襲った血腥い連続殺人事件の謎に、刑事弁護士法水麟太郎がエンサイクロペディックな学識を駆使して挑む。本邦三大ミステリの一つ、悪魔学と神秘科学の一大ペダントリー。

二十世紀鉄仮面

小栗虫太郎　41547-5

九州某所に幽閉された「鉄仮面」とは何者か、私立探偵法水麟太郎は、死の商人・瀬高十八郎から、彼を救い出せるのか。帝都に大流行したペストの陰の大陰謀が絡む、ペダンチック冒険ミステリ。

紅殻駱駝の秘密

小栗虫太郎　41634-2

著者の記念すべき第一長篇ミステリ。首都圏を舞台に事件は展開する。紅駱駝氏とは一体何者なのか。あの傑作『黒死館殺人事件』の原型とも言える秀作の初文庫化、驚愕のラスト！

最後のトリック

深水黎一郎　41318-1

ラストに驚愕！　犯人はこの本の《読者全員》！　アイディア料は２億円。スランプ中の作家に、謎の男が「命と引き換えにしても惜しくない」と切実に訴えた、ミステリー界究極のトリックとは⁉

花《はな》窗《まど》玻《は》璃《り》　天使たちの殺意

深水黎一郎　41405-8

仏・ランス大聖堂から男が転落、地上80mの塔は密室で警察は自殺と断定。だが半年後、再び死体が！　鍵は教会内の有名なステンドグラス…。これぞミステリー！　『最後のトリック』著者の文庫最新作。

消えたダイヤ

森下雨村　41492-8

北陸・鶴賀湾の海難事故でダイヤモンドが忽然と消えた。その消えたダイヤをめぐって、若い男女が災難に巻き込まれる。最期にダイヤにたどり着く者は、意外な犯人とは？　傑作本格ミステリ。

エドワード・ゴーリーが愛する12の怪談　憑かれた鏡

ディケンズ／ストーカー他　E・ゴーリー〔編〕　柴田元幸他〔訳〕　46374-2

典型的な幽霊屋敷ものから、悪趣味ギリギリの犯罪もの、秘術を上手く料理したミステリまで、奇才が選りすぐった怪奇小説アンソロジー。全収録作品に描き下ろし挿絵が付いた決定版！　解説＝濱中利信

とうもろこしの乙女、あるいは七つの悪夢

ジョイス・キャロル・オーツ　栩木玲子〔訳〕　46459-6

金髪女子中学生の誘拐、双子の兄弟の葛藤、猫の魔力、美容整形の闇など、不穏な現実をスリリングに描く著者自選のホラー・ミステリ短篇集。世界幻想文学大賞、ブラム・ストーカー賞受賞。

短篇集　シャーロック・ホームズのSF大冒険　上・下

マイク・レズニック／マーティン・H・グリーンバーグ編　日暮雅通〔監訳〕　46277-6　46278-3

ＳＦミステリを題材にした、世界初の書き下ろしホームズ・パロディ短篇集。現代ＳＦ界の有名作家二十六人による二十六篇の魅力的なアンソロジー。過去・現在・未来・死後の四つのパートで構成された名作。

輝く断片

シオドア・スタージョン　大森望〔編〕　46344-5

雨降る夜に瀕死の女をひろった男。友達もいない孤独な男は決意する——切ない感動に満ちた名作八篇を収録した、異色ミステリ傑作選。第三十六回星雲賞海外短編部門受賞「ニュースの時間です」収録。

ダーク・ジェントリー全体論的探偵事務所

ダグラス・アダムス　安原和見〔訳〕　46456-5

お待たせしました！　伝説の英国コメディＳＦ「銀河ヒッチハイク・ガイド」の故ダグラス・アダムスが遺した、もうひとつの傑作シリーズがついに邦訳。前代未聞のコミック・ミステリー。

長く暗い魂のティータイム

ダグラス・アダムス　安原和見〔訳〕　46466-4

奇想ミステリー「ダーク・ジェントリー全体論的探偵事務所」シリーズ第二弾！　今回、史上もっともうさんくさい私立探偵ダーク・ジェントリーが謎解きを挑むのは……なんと「神」です。

太陽がいっぱい

パトリシア・ハイスミス　佐宗鈴夫〔訳〕　46427-5

息子ディッキーを米国に呼び戻してほしいという富豪の頼みを受け、トム・リプリーはイタリアに旅立つ。ディッキーに羨望と友情を抱くトムの心に、やがて殺意が生まれる……ハイスミスの代表作。

贋作

パトリシア・ハイスミス　上田公子〔訳〕　46428-2

トム・リプリーは天才画家の贋物事業に手を染めていたが、その秘密が発覚しかける。トムは画家に変装して事態を乗り越えようとするが……名作『太陽がいっぱい』に続くリプリー・シリーズ第二弾。

アメリカの友人

パトリシア・ハイスミス　佐宗鈴夫〔訳〕　46433-6

簡単な殺しを引き受けてくれる人物を紹介してほしい。こう頼まれたトム・リプリーは、ある男の存在を思いつく。この男に死期が近いと信じこませたら……いまリプリーのゲームが始まる。名作の改訳新版。

見知らぬ乗客

パトリシア・ハイスミス　白石朗〔訳〕　46453-4

妻との離婚を渇望するガイは、父親を憎む青年ブルーノに列車の中で出会い、提案される。ぼくはあなたの奥さんを殺し、あなたはぼくの親父を殺すのはどうでしょう？……ハイスミスの第一長編、新訳決定版。

長靴をはいた猫

シャルル・ペロー　澁澤龍彦〔訳〕　片山健〔画〕46057-4

シャルル・ペローの有名な作品「赤頭巾ちゃん」「眠れる森の美女」「親指太郎」などを、しなやかな日本語に移しかえた童話集。残酷で異様なメルヘンの世界が、独得の語り口でよみがえる。

くるみ割り人形とねずみの王様

E・T・A・ホフマン　種村季弘〔訳〕　46145-8

チャイコフスキーのバレエで有名な「くるみ割り人形」の原作が、新しい訳でよみがえる。「見知らぬ子ども」「大晦日の冒険」をあわせて収録したホフマン幻想短篇集。冬の夜にメルヘンの贈り物を！